走·出·课·本·学·语·文

CHANGJIAN CIPAI 100 LI

常见词牌100例

南保顺　李欣蕊　编

语文出版社
·北京·

图书在版编目（CIP）数据

常见词牌100例 / 南保顺，李欣蕊编. -- 北京 : 语文出版社，2019.10（2024.11重印）
（走出课本学语文）
ISBN 978-7-5187-0937-3

Ⅰ. ①常… Ⅱ. ①南… ②李… Ⅲ. ①词牌一文学欣赏一中国 Ⅳ. ①I207.23

中国版本图书馆CIP数据核字(2019)第213995号

责任编辑 张夏放
装帧设计 刘姗姗
出　　版 语文出版社
地　　址 北京市东城区朝阳门内南小街51号　100010
电子信箱 ywcbsywp@163.com
排　　版 河北新华第一印刷有限责任公司
印刷装订 北京市科星印刷有限责任公司
发　　行 语文出版社　新华书店经销
规　　格 890mm × 1240mm
开　　本 A5
印　　张 8.125
字　　数 189千字
版　　次 2019年10月第1版
印　　次 2024年11月第4次印刷
印　　数 11,001- 14,000
定　　价 20.00元

010-65253954（咨询）010-65251033（购书）010-65250075（印装质量）

编写说明

本书主要介绍常见词牌的由来，以名家名篇为例与之照应，标示词谱，解说填词格式和声律，为古诗词爱好者提供一些精读、吟赏的样例，以便了解按谱填词的常识。

所收录的词牌，大都为读者习见而又为名家所钟爱。历代词人往往借助这些词牌，按谱协律，佳作迭出。所谓“100例”仅仅是举其成数而已，三千弱水，瓢饮而后知味。有兴趣的读者大可以此为起点，执简驭繁，裁红剪翠。

全书词牌按音序排列。每一个词牌下又分四部分内容：词牌由来、例词、词谱、声律。

一、词牌由来，解释词牌的含义，介绍词牌的来龙去脉、别名及相关传说典故。如“蝶恋花”“如梦令”“西江月”“满江红”“贺新郎”等词牌，即使单看字面意思，就已经意象鲜明，声色夺人，让人过目难忘。如果再介绍这些词牌的源流背景，无异于锦上添花，加深人们对词这一门艺术形式的理解和喜爱。“100例”词牌，每一种都来历不凡，让人充满索解的期待。

二、例词，包括唐词7首，五代词7首，宋词84首，金、明、清三代词各1首。有的如《江城子》因单调和双调俱有佳作，故收2首例词。所选例词以经典、流行为主，方便读者掌握词谱格式，以熟驭生，为仿写、填词提供便利。例词大都选自《全宋词》，不再一一注出。其他例词分别注明出处，如《虞美人》（〔南唐〕李煜《全唐诗》）。为帮助读者理解，例词后对较难理解的词句做了注释，以字词注解为主，适当串讲。

三、词谱，标示每一个词牌的文字格式，是填词的形式依据。本书词谱主要参考清王奕清等编《钦定词谱》、陈明源《常用词牌详介》。例词押韵与上述二书基本一致；词句上可平可仄地方的处理并没有株守《钦定词谱》，多有变通。本书词谱依例词而填，不一定是该词调的正体通用格。标谱符号："平"表示平声；"仄"表示仄声（包括上、去、入三声）；"㊣"或"ⓩ"，表示此处用字可平可仄。

四、声律，主要介绍词调的片数、字数、句数、押韵方式、韵脚及该调在《钦定词谱》中的正体。如果例词不是正体，则列出正体首句，注明出处，方便查考。

附录的"词人小传"，集中对例词作者进行简要介绍，包括词人的生平、词风及代表作。按照词人姓氏音序排列，方便检索。

编　者

2019年9月

目 录

1 八声甘州 …… 1
2 卜算子 …… 4
3 采桑子 …… 6
4 钗头凤 …… 8
5 长亭怨慢 …… 11
6 长相思 …… 14
7 朝中措 …… 16
8 淡黄柳 …… 18
9 捣练子 …… 20
10 点绛唇 …… 22
11 蝶恋花 …… 24
12 定风波 …… 26
13 东风第一枝 …… 28
14 洞仙歌 …… 30
15 风入松 …… 32
16 凤凰台上忆吹箫 …… 34
17 高阳台 …… 36
18 更漏子 …… 38
19 桂枝香 …… 40
20 好事近 …… 43
21 喝火令 …… 45
22 何满子 …… 47
23 鹤冲天 …… 50

24 贺新郎……52
25 浣溪沙……55
26 减字木兰花……57
27 江城子……59
28 解连环……62
29 解语花……65
30 兰陵王……68
31 浪淘沙……71
32 临江仙……73
33 柳梢青……75
34 六丑……77
35 六州歌头……81
36 满江红……85
37 满庭芳……88
38 摸鱼儿……90
39 蓦山溪……93
40 木兰花慢……95
41 南歌子……97
42 南浦……99
43 南乡子……102
44 念奴娇……104
45 琵琶仙……107
46 破阵子……110
47 菩萨蛮……112
48 齐天乐……114
49 千秋岁……117

50 沁园春…………………………………………………… 120
51 清平乐…………………………………………………… 123
52 青玉案…………………………………………………… 125
53 鹊桥仙…………………………………………………… 127
54 人月圆…………………………………………………… 129
55 如梦令…………………………………………………… 131
56 阮郎归…………………………………………………… 133
57 瑞鹤仙…………………………………………………… 135
58 瑞鹧鸪…………………………………………………… 138
59 少年游…………………………………………………… 140
60 声声慢…………………………………………………… 142
61 生查子…………………………………………………… 144
62 十六字令………………………………………………… 146
63 疏影……………………………………………………… 148
64 双双燕…………………………………………………… 151
65 霜天晓角………………………………………………… 153
66 水调歌头………………………………………………… 155
67 水龙吟…………………………………………………… 158
68 苏幕遮…………………………………………………… 161
69 诉衷情…………………………………………………… 163
70 踏莎行…………………………………………………… 165
71 太常引…………………………………………………… 167
72 唐多令…………………………………………………… 169
73 桃源忆故人……………………………………………… 171
74 天仙子…………………………………………………… 173
75 调笑令…………………………………………………… 175

76 望海潮…… 177
77 武陵春…… 180
78 西江月…… 182
79 相见欢…… 184
80 小重山…… 186
81 行香子…… 188
82 眼儿媚…… 190
83 扬州慢…… 192
84 谒金门…… 195
85 一斛珠…… 197
86 一剪梅…… 199
87 忆江南…… 201
88 忆秦娥…… 203
89 永遇乐…… 205
90 渔父…… 209
91 渔家傲…… 211
92 虞美人…… 214
93 雨霖铃…… 216
94 玉楼春…… 219
95 玉漏迟…… 221
96 鹧鸪天…… 224
97 烛影摇红…… 227
98 竹枝…… 230
99 祝英台近…… 232
100 醉花阴…… 235
附录 词人小传…… 237

1　八声甘州

【词牌由来】

八声甘州，词牌名。甘州，本为地名，辖今甘肃张掖一带，因州东有甘峻山得名。唐教坊大曲[①]有《甘州》，来自西域。南宋王灼《碧鸡漫志》云：“《伊州》《甘州》《凉州》，皆自龟兹[②]致。”《唐书·礼乐志》云：“天宝间乐曲皆以边地为名，《甘州》其一也。”《八声甘州》截取《甘州》一段，增减声腔而成，因上下阕共八个韵脚，所以称八声。

北宋柳永词有“对潇潇暮雨洒江天”句，故词牌又名《潇潇雨》。元白朴词又名《宴瑶池》。

注：①大曲：古代歌曲的一种。《宋书·乐志三》著录有大曲十五曲，多用流传的诗篇配乐，增减字句，以合音节。唐宋大曲是由同一宫调的若干“遍”组成的成套乐舞。唐大曲多以诗句入乐叠唱；宋大曲则为词体，是歌舞结合的长篇叙事歌曲。大曲同宋元戏曲音乐有渊源关系。　②龟兹（qiūcí）：西域古国。在今新疆维吾尔自治区库车一带。

【例词·词谱】

对[1]潇潇[2]暮雨洒江天，	仄(平)平(仄)仄仄平平
一番洗清秋。	(仄)(平)仄平平
渐霜风凄紧，	仄平平(平)仄
关河[3]冷落，	平平仄仄
残照当楼。	(平)仄平平
是处[4]红衰翠减，	仄仄(平)平(仄)仄
苒苒[5]物华休。	(仄)仄仄平平
惟有长江水，	(平)仄平平仄
无语东流。	(平)仄平平
不忍登高临远，	(仄)仄平平(平)仄
望故乡渺邈，	仄(仄)平仄仄
归思难收。	(平)仄平平
叹年来踪迹，	仄平平(平)仄
何事苦淹留[6]？	(平)仄仄平平
想佳人、妆楼颙望[7]，	仄平平、(平)平(平)仄
误几回、天际识归舟[8]。	仄(仄)平、(平)仄仄平平
争[9]知我、倚阑干[10]处，	(平)(平)仄、(仄)平(平)仄
正恁凝愁[11]！	仄仄平平

〔北宋〕柳永

〖注释〗

①对：面对。后面略有停顿，意思一直管到“清秋”。这类用在句首的单字，词律上叫作“一字豆”。下文

“渐”“望”“叹”等字性质相同。②潇潇：疾风骤雨的样子。③关河：泛指山河。关，关塞。④是处：到处。⑤苒（rǎn）苒：渐渐。⑥“何事”句：为什么久留不归？⑦颙（yóng）望：仰头凝望。⑧“误几回”句：好几次把远处驶来的船错认为爱人的归舟。⑨争：怎么。⑩阑干：即栏杆。⑪正恁(nèn)凝愁：正这样愁肠百结(思念着她)。恁，这样。

【声律】

1. 双调，九十七字，上下阕各九句。

2. 押平声韵，上阕押“秋、楼、休、流”四平韵，下阕押“收、留、舟、愁”四平韵。

3.《钦定词谱》卷二十五以此词为正体。

2 卜算子

【词牌由来】

卜算子，词牌名。清万树《词律》云，唐骆宾王作诗喜用数字，人称“卜算子”，词家遂取以为名。另说，源于北宋黄庭坚词“似扶著，卖卜算”句。卜算，即卖卜算命，占卜以推度吉凶。“子”是曲子的简称。“子”还有小的含义，在词牌名中多指小曲。

北宋苏轼词有“缺月挂疏桐”句，故词牌又名《缺月挂疏桐》；北宋秦观之子秦湛词有“极目烟中百尺楼”句，又名《百尺楼》；唐诗僧皎然有“目断楚天遥”句，又名《楚天遥》；无名氏词有“蹙破眉峰碧”句，又名《眉峰碧》。

【例词 · 词谱】

咏 梅

驿[1]外断桥边，	㊀仄仄平平
寂寞开无主。	㊀仄平平仄
已是黄昏独自愁，	㊀仄平平㊀仄平
更著[2]风和雨。	㊀仄平平仄

无意苦争春，	㊣仄仄平平
一任群芳妒。	㊀仄平平仄
零落成泥碾[3]作尘，	㊣仄平平㊀仄平
只有香如故。	㊀仄平平仄

〔南宋〕陆游

〔注释〕

①驿（yì）：古代设在大道边供旅人中途休息、住宿的地方。

②著（zhuó）：这里指添，加。③碾（niǎn）：压碎。

【声律】

1. 双调，四十四字，上下阕各四句。

2. 押仄声韵，上阕押“主、雨”二仄韵，下阕押“妒、故”二仄韵。

3.《钦定词谱》卷五以北宋苏轼词（缺月挂疏桐）为正体。

3 采桑子

【词牌由来】

采桑子，词牌名。采桑是古代妇女从事的重要农事活动，民歌中早有体现。唐教坊大曲有《杨下采桑》，取其一“遍”用作词调，故名《采桑子》。

五代冯延巳词别名《罗敷艳歌》，北宋陈师道词作《罗敷媚》。罗敷是汉乐府诗《陌上桑》中的人物。《陌上桑》记叙秦罗敷在陌上采桑，被使君看中，使君想把她强娶回家，却遭到她严词拒绝。后人多以“罗敷”代指美丽坚贞的妇女。

《采桑子》另一个广为人知的别名是《丑奴儿》，始于北宋。以南宋辛弃疾词（少年不识愁滋味）最为脍炙人口。

【例词 · 词谱】

群芳过后西湖好①，	(平)平(平)仄平平仄
狼籍②残红，	(平)仄平平
飞絮濛濛，	(平)仄平平
垂柳阑干尽日风。	(平)仄平平(仄)仄平
笙歌散尽游人去，	(平)平仄仄平平仄
始觉春空，	(仄)仄平平

垂下帘栊[3]，　　㊥仄平平
双燕归来细雨中。　　㊥仄平平㊦仄平

〔北宋〕欧阳修

〖注释〗

①欧阳修在宋仁宗皇祐元年（1049）知颍州（今安徽阜阳），很喜欢当地的西湖。神宗熙宁四年（1071）归老于颍。作《采桑子》组词十首，均以“西湖好”为首句，此为第四首。②狼籍（jí）：纵横散乱的样子。现写作“狼藉”。③帘栊（lóng）：泛指门窗的帘子。

【声律】

1. 双调，四十四字，上下阕各四句。

2. 押平声韵，上阕押“红、濛、风”三平韵，下阕押“空、栊、中”三平韵。

3.《钦定词谱》卷五以五代和凝词（蟠蛴领上诃梨子）为正体。

4 钗头凤

【词牌由来】

钗头凤，词牌名，原名《撷芳词》。清沈雄《古今词话》云，北宋徽宗“政和中，京师有姥入内教歌，传得禁中《撷芳词》，唐人作也”。人皆爱其声，又爱其词。《撷芳词》因徽宗政和年间宫中有撷芳园得名。撷芳，即采摘芳草的意思，南宋程垓词又名《折红英》。

南宋陆游因无名氏词有“都如梦，何曾共，可怜孤似钗头凤”句，改词牌名为《钗头凤》。据夏承焘、吴熊和《放翁词编年笺证》，陆游约二十岁时与唐琬结婚，不久，由于陆游母亲不喜欢这位儿媳，二人被迫离婚。陆游再娶王氏，唐琬改嫁赵士程。宋高宗绍兴二十五年（1155）春，陆游三十一岁时，与唐琬夫妇偶遇于浙江绍兴禹迹寺南的沈氏小园，唐琬使赵士程送酒肴给陆游。陆游百感交集，乘醉在沈园壁间题《钗头凤》词。唐琬也和了一首，从此郁郁寡欢，不久抱恨而终。陆游词改名《钗头凤》可能有两方面含义：一是指与唐氏分离后，自己“可怜孤似钗头凤”；二是指分离前的往事“都如梦”一样，倏然而逝。

该词调由于接连使用三言短句，构成繁音促节，因而适宜表达激越慷慨之情。

【例词·词谱】

红酥手，	平平仄
黄滕酒[1]，	平(平)仄
满城春色宫墙柳[2]。	(仄)平(平)仄平平仄
东风恶[3]，	平平仄
欢情薄，	(平)平仄
一怀愁绪，	(仄)平(平)仄
几年离索[4]。	(仄)平(平)仄
错，	仄
错，	仄
错！	仄
春如旧，	平平仄
人空瘦，	(平)平仄
泪痕红浥鲛绡透[5]。	(仄)平(平)仄平平仄
桃花落，	平平仄
闲池阁。	(平)平仄
山盟虽在，	(平)平(平)仄
锦书难托。	(仄)平平仄
莫，	仄
莫，	仄
莫[6]！	仄

〔南宋〕陆游

〖注释〗

①“红酥手”句：写陆游前妻唐琬设宴款待。红酥，红润细腻。黄縢（téng）酒，即黄封酒，宋代官酿酒，因用黄纸封口，故名。 ②宫墙柳：浙江绍兴原为古越国都城，宋高宗时也曾以此地为行都，故称当地柳树为宫墙柳。 ③东风恶：陆游喻指自己的母亲破坏美好姻缘。 ④离索：离群索居。索，孤独。 ⑤“泪痕”句：泪水湿透了手帕。红，指血泪。浥（yì），沾湿。鲛（jiāo）绡，传说中鲛人（即人鱼）所织的丝帕，入水不湿。 ⑥“莫，莫，莫”句：罢了，罢了，别再说下去了。表示极度绝望。

【声律】

1. 双调，六十字，上下阕各十句。

2. 押仄声韵，上下阕皆从第四句换韵，后三句用叠韵。上阕押“手、酒、柳；恶、薄、索、错、错、错”七仄韵二叠韵；下阕押“旧、瘦、透；落、阁、托、莫、莫、莫”七仄韵二叠韵。

3.《钦定词谱》卷十“撷芳词”以无名氏词（风摇动）为正体。

5　长亭怨慢

【词牌由来】

长亭怨慢，词牌名。或作《长亭怨》。古时道路每隔十里设长亭，五里设短亭，供行旅停息。近城的长亭常作为送别之处。“慢”是慢曲子的意思，与急曲子相对而言。慢曲一般曲调舒缓，因而填的词都比较长。

此调系南宋姜夔自创。因词中有“谁得似、长亭树”句，故名。姜夔在词小序云：“予颇喜自制曲，初率意为长短句，然后协以律，故前后阕多不同。桓大司马云：‘昔年种柳，依依汉南。今看摇落，凄怆江潭。树犹如此，人何以堪？’①此语予深爱之。”

注：①这句引文出自北朝庾信《枯树赋》。桓大司马，指桓温，东晋权臣。《世说新语·言语》载，桓温北征，途经金城，看到曾经亲手种下的柳树已有十围粗，感慨道：“树木的变化尚且如此，人怎么耐得住岁月流逝呢！”手攀枝条，不禁泪下。

【例词·词谱】

渐吹尽、枝头香絮。	仄(平)仄、(平)平(平)仄
是处人家，	(仄)仄平平
绿深门户。	(仄)平平仄
远浦萦回[1]，	(仄)仄平平
暮帆零乱向何许[2]？	(仄)平(平)仄仄平仄
阅人多矣，	(仄)平(平)仄
谁得似、长亭树？	(平)(仄)仄、平平仄
树若有情时，	(仄)仄仄平平
不会得、青青如此。	(仄)(仄)仄、(平)平(平)仄
日暮，	(仄)仄
望高城不见，	仄(平)平(仄)仄
只见乱山无数。	(仄)仄(仄)平(平)仄
韦郎去也，	(平)平(仄)仄
怎忘得、玉环分付[3]。	(仄)(平)仄、(仄)平(平)仄
第一是、早早归来，	(仄)(仄)仄、(仄)仄平平
怕红萼[4]、无人为主。	(仄)平仄、(平)平(平)仄
算空有并刀[5]，	仄(平)仄平平
难剪离愁千缕。	(平)仄(平)平(平)仄

〔南宋〕姜夔

【注释】

①萦（yíng）回：形容水流回旋。②许："许"与上阕末句"此"，《钦定词谱》分别为"处"和"许"，押韵。今按《全宋词》作"许""此"，则上阕不押韵。③"韦郎"二句：唐笔记小说《云溪友议》载，韦皋少游江夏，住姜使君之馆，遇玉箫，生情愫。后归，与玉箫约，少则五年，多则七年，便来迎娶。并留下玉指环为信物。到了第八年春天，玉箫叹曰：韦郎一别，已过七年，恐难再见。于是绝食而亡。④红萼（è）：红花。⑤并（bīng）刀：古时并州（大致今河北保定至山西大同一带）所产剪刀，以锋利著称。

【声律】

1. 双调，九十七字，上下阕各九句。

2. 押仄声韵，上阕押"絮、户、许、树"四仄韵，"此"本为韵脚，却与上阕不押韵，依《全宋词》所选。下阕押"暮、数、付、主、缕"五仄韵。

3.《钦定词谱》卷二十五以此词为正体。

6 长相思

【词牌由来】

长相思，词牌名。汉末已有“长相思”三字入诗，如《古诗十九首·客从远方来》：“文彩双鸳鸯，裁为合欢被。著以长相思，缘以结不解。”长相思，谓以丝缕络绵，交互网之，使不断。南朝和唐代以《长相思》为题写诗者甚多，内容多写男女或朋友久别思念之情。唐教坊用为曲名，后用为词牌。

北宋林逋词《相思令》有“吴山青，越山青，两岸青山相对迎”句，故词牌又称《相思令》或《吴山青》；南宋张辑词有“拟行行，重行行，吟到江南第几程？江南山渐青”句，又称《山渐青》。

【例词·词谱】

汴水①流，	仄(仄)平
泗水②流，	仄(仄)平
流到瓜洲③古渡头。	平仄平平(仄)仄平
吴山④点点愁。	平平仄仄平
思悠悠，	仄平平

恨悠悠，	仄平平
恨到归时方始休。	仄仄平平平仄平
月明人倚楼。	仄平平仄平

〔唐〕白居易**《全唐五代词》**

〖注释〗

①汴（biàn）水：唐宋时称隋大业元年（605）所开通济河为汴河。汴河中游自今河南荥阳至开封一段为汴水。
②泗（sì）水：亦称泗河。发源于山东，因其四源合为一水而得名。③瓜洲：渡口名。在江苏邗江南、大运河分支入长江处。与镇江隔江相对，为长江南北水运交通要冲。因形状如瓜得名。④吴山：古吴地之山，泛指吴地群山。

【声律】

1. 双调，三十六字，上下阕各四句。

2. 押平声韵，上阕押“流、流、头、愁”三平韵一叠韵，下阕押“悠、悠、休、楼”三平韵一叠韵。

3.《钦定词谱》卷二以此词为正体。

7 朝中措

【词牌由来】

朝中措，词牌名。唐代称读书人为“措”或“措大”，以其能举措大事，故名。该词牌始于北宋欧阳修。

北宋李祁词有“郎官湖上探春回，初见照江梅”句，故词牌又称《照江梅》；南宋韩淲词有“香动梅梢圆月，年年先得东风”句，又称《梅月圆》。

【例词·词谱】

送刘仲原甫出守维扬[1]

平山[2]阑槛[3]倚晴空，	(平)平(平)仄仄平平
山色有无中。	(平)仄仄平平
手种堂前垂柳，	(仄)仄(平)平(平)仄
别来几度春风？	(仄)平(仄)仄平平
文章太守，	(平)平(仄)仄
挥毫万字，	(平)平(仄)仄
一饮千钟[4]。	(仄)仄平平

行乐直须年少，　　㊥仄㊀平㊥仄
尊前看取衰翁[5]。　　㊥平㊀仄平平

〔北宋〕欧阳修

〖注释〗

①宋仁宗嘉祐元年（1056），刘敞（字原甫）出守扬州，欧阳修追忆往事，作此词送行。维扬，扬州的别称。《尚书·禹贡》有“淮海惟扬州”句。惟，通“维”。后截取二字以为名。②平山：指平山堂，在今江苏扬州西北蜀冈上。庆历八年（1048）春，欧阳修曾知扬州，平山堂约建于此时。③阑槛：栏杆。④钟：古代容量单位。⑤衰翁：庆历八年，欧阳修刚四十岁，而嘉祐元年已近五十，故自称“衰翁”。

【声律】

1. 双调，四十八字，上阕四句，下阕五句。

2. 押平声韵，上阕押“空、中、风”三平韵，下阕押“钟、翁”二平韵。

3.《钦定词谱》卷七以此词为正体。

8　淡黄柳

【词牌由来】

淡黄柳，词牌名。南宋姜夔自制曲。姜夔在词小序云："客居合肥南城赤阑桥①之西，巷陌凄凉，与江左②异。唯柳色夹道，依依可怜。因度③此阕，以纾客怀。"

注：①赤阑桥：泛指红栏杆的桥。②江左：即江东，这里指江南一带。③度：作曲。

【例词·词谱】

例词	词谱
空城晓角，	(平)平仄仄
吹入垂杨陌①。	(平)仄平平仄
马上单衣寒恻恻②。	仄仄平平平仄仄
看尽鹅黄嫩绿，	(仄)仄(平)平(仄)仄
都是江南旧相识。	(平)仄平平仄(平)仄
正岑寂，	仄平仄
明朝又寒食③。	平平仄平仄
强携酒、小桥宅，	(仄)(平)仄、(仄)平仄

怕梨花落尽成秋色。	仄平平仄仄平平仄
燕燕飞来，	仄仄平平
问春何在？	仄平平仄
唯有池塘自碧。	平仄平平仄仄

〔南宋〕姜夔

〖注释〗

①陌：小路。②恻（cè）恻：寒冷的样子。③寒食：节日名。在清明前一日或二日。相传春秋时晋文公负其功臣介之推。介愤而隐于山。文公悔悟，烧山逼令出仕，之推抱树焚死。百姓同情介之推的遭遇，相约在他的忌日禁火冷食，以为悼念。后形成寒食习俗。

【声律】

1. 双调，六十五字，上阕五句，下阕七句。

2. 押仄声韵，上阕押“陌、恻、识”三仄韵，下阕押“寂、食、宅、色、碧”五仄韵。

3.《钦定词谱》卷十四以此词为正体。

9 捣练子

【词牌由来】

捣练子，词牌名。此调以咏捣练而得名。捣练指捶打绢，使洁白柔软以制衣。

此调一名《捣练子令》。因五代冯延巳①词有“深院静”“数声和月到帘栊”句，又名《深院月》。有单调、双调两体，双调填者不多。

注：①一作李煜。

【例词·词谱】

例词	词谱
深院静，	平仄仄
小庭空。	仄平平
断续寒砧①断续风。	(仄)仄平平(仄)仄平
蚤②是夜长人不寝，	(仄)仄(仄)平平仄仄
数声和月到帘栊。	(仄)平(仄)仄仄平平

〔五代〕冯延巳《全唐五代词》

【注释】

① 寒砧（zhēn）：指寒秋的捣衣声。砧，捣衣石。古代妇女常在夜里赶洗衣服寄给征人。 ②蚤（zǎo）：通“早”。

【声律】

1. 单调，二十七字，五句。
2. 押平声韵，押韵的字为“空、风、栊”。
3.《钦定词谱》卷一以此词为正体。

10 点绛唇

【词牌由来】

点绛唇，词牌名。因南朝梁江淹《咏美人春游》诗有“白雪凝琼貌，明珠点绛唇[①]”句而得名。五代冯延巳已用此调填词，见《阳春集》。

北宋王禹偁词名《点樱桃》；南宋王十朋词名《咏十八香》；南宋张辑词有“玉龙嘶处，邀月过南浦”句，故词牌又称《南浦月》；张辑词又有“岸花迎舻，遥隔沙头雨”句，又称《沙头雨》；南宋韩淲词有“放开怀抱，更约寻瑶草”句，又称《寻瑶草》。

注：①绛（jiàng）唇：朱唇、红唇。

【例词 · 词谱】

蹴罢秋千，	(仄)仄平平
起来慵整纤纤手。	(仄)平(平)仄平平仄
露浓花瘦，	(仄)平(平)仄
薄汗轻衣透。	(仄)仄平平仄
见有人来，	(仄)仄(平)平

袜刬金钗溜①。	(仄)仄平平仄
和羞走，	平(平)仄
倚门回首，	(仄)平(平)仄
却把青梅嗅。	(仄)仄平平仄

〔南宋〕李清照

〖注释〗

①“袜刬（chǎn）”句：匆忙中来不及穿鞋，就穿着袜子贴地走，头上的金钗也冷不防滑脱了。

【声律】

1. 双调，四十一字，上阕四句，下阕五句。

2. 押仄声韵，上阕押“手、瘦、透”三仄韵，下阕押“溜、走、首、嗅”四仄韵。

3.《钦定词谱》卷四以五代冯延巳词（荫绿围红）为正体。

11 蝶恋花

【词牌由来】

蝶恋花，词牌名。唐教坊曲名，后用为词牌。原名《鹊踏枝》，北宋晏殊因南朝梁简文帝萧纲《东飞伯劳歌二首》有“翻阶蛱蝶恋花情，容华飞燕相逢迎”句，改名为《蝶恋花》。

五代冯延巳词有“杨柳风轻，展尽黄金缕”句，故词牌又称《黄金缕》；北宋赵令畤词有“不卷珠帘，人在深深院”句，又称《卷珠帘》；北宋司马槱词有“夜凉明月生南浦”句[1]，又称《明月生南浦》；南宋韩淲词有“行到君家，细雨吹池沼”句，又称《细雨吹池沼》；北宋贺铸词名《凤栖梧》；宋李石词名《一箩金》[2]；衷元吉词名《鱼水同欢》。

注：①《全宋词》中该句作“望断云行无去处，梦回明月生春浦”，略有不同。
②《全宋词》无李石《一箩金》词，而收有李石才的《一箩金》。

【例词・词谱】

春 景

花褪残红青杏小。	(平)仄(平)平平仄仄
燕子飞时，	(仄)仄平平

绿水人家绕。	(仄)仄平平仄
枝上柳绵[1]吹又少，	(平)仄(仄)平平仄仄
天涯何处无芳草。	(平)平(平)仄平平仄
墙里秋千墙外道。	(平)仄(平)平平仄仄
墙外行人，	(平)仄平平
墙里佳人笑。	(平)仄平平仄
笑渐不闻声渐悄，	(仄)仄(仄)平平仄仄
多情却被无情恼。	(平)平(仄)仄平平仄

〔北宋〕苏轼

【注释】

①柳绵：柳絮。

【声律】

1. 双调，六十字，上下阕各五句。

2. 押仄声韵，上阕押“小、绕、少、草”四仄韵，下阕押“道、笑、悄、恼”四仄韵。

3.《钦定词谱》卷十三以五代冯延巳词（六曲阑干偎碧树）为正体。

12 定风波

【词牌由来】

定风波，词牌名。唐教坊曲名，后用为词牌。敦煌曲子词有此调。风波，即风浪。用以比喻动荡不定的形势或纠纷。又称《定风流》《定风波令》《醉琼枝》。

【例词·词谱】

三月七日，沙湖[1]道中遇雨。雨具先去，同行皆狼狈，余独不觉。已而遂晴，故作此词。

莫听穿林打叶声，	(仄)仄平平仄仄平
何妨吟啸[2]且徐行。	(平)平(平)仄仄平平
竹杖芒鞋[3]轻胜马，	(仄)仄(平)平平仄仄
谁怕？	(平)仄
一蓑烟雨任平生[4]。	(仄)平(平)仄仄平平
料峭[5]春风吹酒醒，	(仄)仄(平)平平仄仄
微冷，	(平)仄
山头斜照却相迎。	(平)平(平)仄仄平平
回首向来萧瑟[6]处，	(平)仄(仄)平平仄仄

归去，	㊥仄
也无风雨也无晴。	㊋平㊥仄仄平平

〔北宋〕苏轼

【注释】

①沙湖：在今湖北黄冈东南三十里。②吟啸：也称“歌啸”“长啸”“啸咏”。自南北朝起，吟啸成为文人逸态。撮口而呼，（气）激于舌端，动唇有曲，发口而音清。③芒鞋：用芒茎皮编成的鞋。亦泛指草鞋。④“一蓑（suō）”句：身披一件蓑衣，任凭风吹雨打。蓑，用草或棕制成的、披在身上的防雨用具。⑤料峭（qiào）：形容微寒或风力尖利。⑥萧瑟：指风雨声。

【声律】

1. 双调，六十二字，上阕五句，下阕六句。

2. 属平仄韵错叶格。上阕押“声、行、生”三平韵，错叶“马、怕”二仄韵；下阕押“迎、晴”二平韵，错叶“醒、冷”“处、去”四仄韵。

3.《钦定词谱》卷十四以五代欧阳炯词（暖日闲窗映碧纱）为正体。

13　东风第一枝

【词牌由来】

东风第一枝，词牌名。“东风第一枝”指的是梅花。东风，即春风。《礼记·月令》：“（孟春之月）东风解冻，蛰虫始振，鱼上冰。”因梅花开在百花之先，为百花魁首，故谓第一枝。相传北宋宣和年间吕渭老创此调以咏梅，其词已佚。又名《琼林第一枝》。

【例词·词谱】

咏春雪

巧沁兰心，	(仄)仄平平
偷黏草甲①，	(平)平(仄)仄
东风欲障新暖。	(平)平(仄)仄平仄
谩凝碧瓦难留，	(仄)平(仄)仄平平
信知暮寒轻浅。	(仄)平仄平(平)仄
行天入镜，	(平)平(仄)仄
做弄出、轻松纤软。	(仄)(仄)仄、(平)平(平)仄
料故园、不卷重帘，	仄(仄)平、(仄)仄平平
误了乍来双燕。	(仄)仄(仄)平(平)仄

青未了、柳回白眼，	㊥㊦仄、㊦平㊦仄
红欲断、杏开素面。	㊥㊦仄、㊦平㊦仄
旧游忆著山阴[2]，	㊦平㊦仄平平
厚盟遂妨上苑[3]。	㊦平仄平㊦仄
寒炉重暖，	㊥平㊥仄
便放慢春衫针线。	㊦㊦仄㊥平㊥仄
恐凤靴、挑菜归来，	仄㊦平、㊥仄平平
万一灞桥[4]相见。	㊦仄㊦平㊥仄

〔南宋〕史达祖

【注释】

①草甲：草萌芽时所带种皮。②“旧游”句：用东晋名士王徽之雪夜访朋友戴逵，至门不前而返的典故，见《世说新语·任诞》。山阴，今浙江绍兴。③“厚盟”句：用西汉文人司马相如雪大赴宴迟到的典故。上苑，这里指西汉梁孝王所建的梁苑，也称兔园。故址在今河南开封东南。园林规模宏大，供游赏驰猎。梁孝王在其中广纳宾客，司马相如为其座上客。事见《史记·梁孝王世家》。④灞（bà）桥：桥名。本作霸桥，在长安（今陕西西安）东边的灞水上。桥边多植柳，汉人送客至此桥，折柳赠别。

【声律】

1. 双调，一百字，上阕九句，下阕八句。

2. 押仄声韵，上阕押“暖、浅、软、燕”四仄韵，下阕押“眼、面、苑、线、见”五仄韵。

3.《钦定词谱》卷二十八以南宋史达祖词（草脚愁苏）为正体。

14 洞仙歌

【词牌由来】

洞仙歌，词牌名。洞仙，即仙人。传说仙人好居深山洞壑，故称。唐教坊曲名，后用为词牌。

宋康与之词名《洞仙歌令》；南宋潘牥词名《羽仙歌》[1]。有令词、慢词两体。

注：①据《全宋词》，潘牥所作为《洞仙歌》（雕檐绮户，依晴空如画）。

【例词·词谱】

仆七岁时，见眉山老尼姓朱，忘其名，年九十余，自言：尝随其师入蜀主孟昶[1]宫中。一日大热，蜀主与花蕊夫人[2]夜起避暑摩诃池上，作一词。朱具能记之。今四十年，朱已死，人无知此词者。但记其首两句，暇日寻味，岂洞仙歌令乎，乃为足之。

冰肌玉骨，	㊉平仄仄
自清凉无汗。	仄㊉平平仄
水殿[3]风来暗香满。	㊀仄平平仄平仄
绣帘开、一点明月窥人，	仄㊉平、㊀仄㊉仄平平
人未寝，	㊉㊀仄

欹枕钗横鬓乱。	(平)仄(平)平(仄)仄
起来携素手，	(仄)平平仄仄
庭户无声，	(平)仄平平
时见疏星渡河汉[4]。	(平)仄平平仄平仄
试问夜如何，	仄仄仄平平
夜已三更，	(仄)仄平平
金波[5]淡、玉绳[6]低转。	(平)(平)仄、(仄)平(平)仄
但屈指、西风几时来，	仄(仄)仄、平平仄平平
又不道[7]、	仄(仄)仄、
流年暗中偷换。	平平仄平平仄

〔北宋〕苏轼

【注释】

①孟昶（chǎng）：五代时后蜀主。生活奢侈，喜爱文学，工声曲。后兵败降宋。②花蕊（ruǐ）夫人：孟昶贵妃，因姿色如花蕊般轻盈窈窕，故名。③水殿：筑在成都摩诃池上的宫殿。④河汉：晴天夜晚，天空呈现的银白色的光带，由大量恒星构成。古又名“云汉”“银汉”“天河”“星河”。⑤金波：指月光。⑥玉绳：星名。⑦不道：不觉。

【声律】

1. 双调，八十三字，上阕六句，下阕九句。

2. 押仄声韵，上阕押“汗、满、乱”三仄韵，下阕押“汉、转、换”三仄韵。

3.《钦定词谱》卷二十以此词为正体。

15　风入松

【词牌由来】

风入松，词牌名。原为古琴曲名，唐僧皎然有《风入松歌》。北宋郭茂倩《乐府诗集·风入松歌》题解："《琴集》曰：'《风入松》，晋嵇康所作也。'"后用为词牌。

此调始见北宋晏几道《小山词》。南宋韩淲词有"小楼春映远山横，绿遍高城"句，故词牌又称《远山横》。又名《风入松慢》。

【例词·词谱】

听风听雨过清明，	(平)平(平)仄仄平平
愁草瘗[1]花铭。	(平)仄仄平平
楼前绿暗分携路，	(平)平(仄)仄平平仄
一丝柳、一寸柔情。	(仄)(平)(仄)、(仄)仄平平
料峭春寒中酒[2]，	仄仄(平)平仄仄
交加晓梦啼莺。	平平(仄)仄平平
西园日日扫林亭，	(平)平(仄)仄仄平平
依旧赏新晴。	(平)仄仄平平

黄蜂频扑秋千索，	㊥平㊥仄平平仄
有当时、纤手香凝。	㊦㊥㊥、㊥仄平平
惆怅双鸳不到，	㊥仄㊥平㊦仄
幽阶一夜苔生。	㊥平㊦仄平平

〔南宋〕吴文英

〖注释〗

①瘗（yì）：埋葬。②中（zhòng）酒：醉酒。

【声律】

1. 双调，七十六字，上下阕各六句。

2. 押平声韵，上阕押“明、铭、情、莺”四平韵，下阕押“亭、晴、凝、生”四平韵。

3.《钦定词谱》卷十七以北宋晏几道词（柳阴庭院杏梢墙）为正体。

16　凤凰台上忆吹箫

【词牌由来】

凤凰台上忆吹箫，词牌名。取萧史与弄玉吹箫引凤的传说为名。刘向《列仙传》载："萧史者，秦穆公时人也。善吹箫，能致孔雀、白鹤于庭。穆公有女，字弄玉，好之，公遂以女妻焉。日教弄玉作凤鸣，居数年，吹似凤声，凤凰来止其屋，公为作凤台，夫妇止其上，不下数年。一日，皆随凤凰飞去。"

此调始见于北宋晁补之《晁氏琴趣外篇》。又名《忆吹箫》《忆吹箫慢》。

【例词 · 词谱】

香冷金猊①，	(平)仄平平
被翻红浪②，	(仄)平(平)仄
起来人未梳头。	(仄)平(平)仄平平
任宝奁③闲掩，	仄(仄)平平仄
日上帘钩。	仄仄平平
生怕闲愁暗恨，	平仄(平)平仄仄
多少事、欲说还休。	平(仄)仄、(仄)仄平平
今年瘦，	平平仄
非干④病酒，	平平仄仄

不是悲秋。	仄仄平平
明朝，	平平
这回去也，	(仄)平仄仄
千万遍阳关[5]，	(平)仄仄平平
也即难留。	(仄)仄平平
念武陵春晚，	仄(仄)平(平)仄
云锁重楼。	(平)仄平平
记取楼前绿水，	(仄)仄平平仄仄
应念我、终日凝眸。	平(仄)仄、(平)仄平平
凝眸处，	平平仄
从今更数，	平平仄仄
几段新愁。	(仄)仄平平

〔南宋〕李清照

【注释】

①金猊（ní）：狻猊形状的铜香炉，燃香于其腹中，烟自口出。相传猊性好火，故铸其形。狻猊，狮子。②被翻红浪：红锦被不叠，乱摊床上。③宝奁（lián）：华贵的梳妆匣。④非干：无关。⑤阳关：古曲《阳关三叠》的省称。泛指离别时唱的歌曲。

【声律】

1. 双调，九十五字，上阕十句，下阕十一句。

2. 押平声韵，上阕押“头、钩、休、秋”四平韵，下阕押“留、楼、眸、愁”四平韵。

3.《钦定词谱》卷二十五以北宋晁补之词（千里相思）为正体。

17　高阳台

【词牌由来】

高阳台，词牌名。战国楚宋玉《高唐[1]赋》序云：“昔者先王尝游高唐，怠而昼寝，梦见一妇人，曰：‘妾巫山之女也，为高唐之客，闻君游高唐，愿荐枕席。’王因幸之。去而辞曰：‘妾在巫山之阳，高丘之阻[2]，旦为朝云，暮为行雨，朝朝暮暮，阳台之下。’”后遂以“阳台”指男女欢会之所。调名取于此。又名《庆春泽慢》《庆春宫》。

注：①高唐：战国时楚国台观名，在云梦泽中。②阻：险要。

【例词·词谱】

红入桃腮，	(平)仄平平
青回柳眼，	(平)平仄仄
韶华[1]已破三分。	(平)平(仄)仄平平
人不归来，	(平)仄平平
空教草怨王孙[2]。	(平)平(仄)仄平平
平明几点催花雨，	(平)平(仄)仄平平仄
梦半阑、欹枕初闻。	仄(仄)平、(平)仄平平
问东君[3]，	仄(平)平

因甚将春，	(平)仄平平
老了闲人。	(仄)仄平平
东郊十里香尘满，	(平)平(仄)仄平平仄
旋安排玉勒[4]，	仄(平)平(仄)仄
整顿雕轮[5]。	(仄)仄平平
趁取芳时，	(仄)仄平平
共寻岛上红云。	(仄)平(仄)仄平平
朱衣引马黄金带，	(平)平(仄)仄平平仄
算到头、总是虚名。	仄(仄)平、(仄)仄平平
莫闲愁，	仄(平)平
一半悲秋，	(仄)仄平平
一半伤春。	(仄)仄平平

〔北宋〕王观

【注释】

①韶（sháo）华：美好的时光。常指春光。 ②“空教”句：出自“王孙游兮不归，春草生兮萋萋”（《楚辞·招隐士》）。王孙，公子，这里指远在他乡的游子。 ③东君：司春之神。 ④玉勒：玉饰的马衔。这里指代马。 ⑤雕轮：雕饰华美的车。

【声律】

1. 双调，一百字，上下阕各十句。

2. 押平声韵，上阕押“分、孙、闻、人”四平韵，下阕押“轮、云、春”三平韵。下阕的“名”当押韵而没押上，在这首词中失韵。

3.《钦定词谱》卷二十八以南宋刘镇词（灯火烘春）为正体。

18 更漏子

【词牌由来】

更漏[1]子，词牌名。唐温庭筠开始以此调咏更漏之事，因而得名。又名《独倚楼》《翻翠袖》《付金钗》《无漏子》等。

注：①更（gēng）漏：即漏壶，是一种计时器。古代用铜壶滴漏计时，壶中立箭，上有刻度，滴漏水降，观察箭上刻度可知时辰，更夫夜间凭漏刻传更。

【例词·词谱】

玉炉香，	仄（平）平
红蜡泪，	平（仄）仄
偏照画堂[1]秋思。	（平）仄（仄）平平仄
眉翠薄，	（平）（仄）仄
鬓云[2]残，	仄平平
夜长衾枕[3]寒。	（仄）平（平）仄平
梧桐树，	平（平）仄
三更雨，	（平）（平）仄
不道离情正苦。	（仄）仄（平）平（仄）仄

一叶叶，	(仄)(仄)仄
一声声，	仄平平
空阶滴到明。	(平)平(仄)仄平

〔唐〕温庭筠**《全唐五代词》**

〖注释〗

①画堂：华丽的堂舍。②鬓（bìn）云：形容女人的鬓发美如乌云。③衾（qīn）枕：被子和枕头。

【声律】

1. 双调，四十六字，上下阕各六句。

2. 押仄声韵换平声韵。上阕押“泪、思”二仄韵，换“残、寒”二平韵；下阕押“树、雨、苦”三仄韵，换“声、明”二平韵。

3.《钦定词谱》卷六以此词为正体。

19 桂枝香

【词牌由来】

桂枝香，词牌名。《晋书·郤诜（shēn）传》：“（诜）累迁雍州刺史。武帝于东堂会送，问诜曰：‘卿自以为何如？’诜对曰：‘臣举贤良对策，为天下第一，犹桂林之一枝，昆山之片玉。’”“桂枝”为“桂林一枝”的省言，用以喻科举考试中出类拔萃的人。唐裴思谦《及第后宿平康里》诗有“从此不知兰麝贵，夜来新染桂枝香”句。

此调从北宋开始大量创作，几乎每句都是仄声收脚，长于抒发激越悲壮的情感。南宋张辑词有“疏帘淡月，照人无寐”句，故词牌又称《疏帘淡月》。

【例词·词谱】

金陵[1]怀古

登临送目，	(平)平(仄)仄
正故国[2]晚秋，	仄(仄)仄(仄)平
天气初肃[3]。	(平)仄平仄
千里澄江似练，	(平)仄平平仄仄
翠峰如簇。	(仄)平(平)仄

归帆去棹[4]残阳里，	(平)平(仄)仄平平仄
背西风、酒旗斜矗。	仄平平、(仄)平(平)仄
彩舟云淡，	(仄)平(平)仄
星河[5]鹭起，	(平)平(仄)仄
画图难足。	(仄)平平仄
念往昔、繁华竞逐。	仄(仄)仄、平平仄仄
叹门外楼头[6]，	仄(平)仄平平
悲恨相续。	(平)仄平仄
千古凭高[7]，	(平)仄平平
对此谩嗟[8]荣辱。	(仄)仄(仄)平(平)仄
六朝旧事随流水，	(仄)平(仄)仄平平仄
但寒烟、芳草凝绿。	仄平平、(平)仄平仄
至今商女，	(仄)平(平)仄
时时犹唱，	(平)平(平)仄
后庭遗曲[9]。	(仄)平平仄

〔北宋〕王安石

〖注释〗

①金陵：地名。今江苏南京。战国楚威王七年（公元前333年）灭越后在今南京市清凉山（石城山）设金陵邑。楚威王埋金以镇王气，故曰金陵。又旧传秦始皇南巡，有望气者说，五百年后此处当有天子出。始皇于是在金陵岗埋金于镇山以镇压之，故称金陵。 ②故国：金陵为六朝旧都，故称。 ③初肃：开始变得肃杀。肃，严酷萧瑟的样子。

④棹（zhào）：船桨，借指船。⑤星河：本指银河，这里指长江。⑥门外楼头：唐杜牧《台城曲》诗有“门外韩擒虎，楼头张丽华”句，意思是隋朝大将韩擒虎已经攻到门外，陈后主还在与宠妃张丽华在楼头行乐。⑦凭高：登临高处。⑧谩嗟（mànjiē）：空叹。谩，通“漫”。⑨“至今”三句：化用唐杜牧《泊秦淮》诗“商女不知亡国恨，隔江犹唱《后庭花》”句。商女，歌女。

【声律】

1. 双调，一百零一字，上下阕各十句。

2. 押仄声韵，上阕押“目、肃、簇、矗、足”五仄韵，下阕押“逐、续、辱、绿、曲”五仄韵。

3.《钦定词谱》卷二十九以此词为正体。

20 好 事 近

【词牌由来】

好事近，词牌名。“近”指近拍。王易《词曲史》：“（近）亦曰‘近拍’，谓近于破[1]，将起拍也。故凡近词皆句短韵密而音长。”“近”是在“破”之前演奏的。近词一般长于小令而短于慢词，也称为“中调”。《好事近》是近词中最短的词调。

南宋张辑词有“谁解百年心事，恰钓船横笛”句，故词牌又称《钓船笛》；南宋韩淲词有“吟到翠圆枝上，是归来时节”句，又称《翠圆枝》。

注：①破：唐宋舞乐大曲的第三段。其乐歌舞并作，繁声促节，破其悠长，转入繁碎，故名“破”。宋王谠《唐语林·补遗一》：“天宝中，乐章多以边地为名。若《凉州》《甘州》《伊州》之类是焉。其曲遍繁声为破。”

【例词·词谱】

梦 中 作

春路雨添花，	㊉仄仄平平
花动一山春色。	㊉仄㊀平㊉仄
行到小溪深处，	㊉仄㊀平㊉仄
有黄鹂千百。	仄㊉平㊉仄

飞云当面化龙蛇，	㊥平㊥仄仄平平
夭矫[1]转空碧。	㊥仄仄平仄
醉卧古藤阴下，	㊀仄㊀平㊥仄
了不知[2]南北。	仄㊀平㊥仄

〔北宋〕秦观

〖注释〗

①夭矫（yāojiǎo）：屈伸有力而自然。②了（liǎo）不知：全不知道。

【声律】

1. 双调，四十五字，上下阕各四句。

2. 押仄声韵，上阕押“色、百”二仄韵，下阕押“碧、北”二仄韵。

3.《钦定词谱》卷五以北宋宋祁词（睡起玉屏风）为正体。

21　喝火令

【词牌由来】

喝火令，词牌名。北宋黄庭坚始创此调。下阕第四、五、六句首二字叠用，是此调的特点。

【例词·词谱】

见晚情如旧，	（仄）仄平平仄
交疏[1]分[2]已深。	平平仄仄平
舞时歌处动人心。	仄平（平）仄仄平平
烟水数年魂梦，	平仄（仄）平（平）仄
无处可追寻。	平仄仄平平
昨夜灯前见，	仄仄平平仄
重题汉上襟[3]。	平平仄仄平
便愁云雨又难寻[4]。	（仄）平（平）仄仄平平
晓也星稀，	（仄）仄平平
晓也月西沉；	（仄）仄仄平平
晓也雁行低度，	（仄）仄（仄）平（平）仄
不会寄芳音。	（仄）仄仄平平

〔北宋〕黄庭坚

〖注释〗

①交疏：指交往不密切的人。②分（fèn）：情分，情谊。③重题汉上襟：唐宣宗大中十年至十四年（856—860）间，段成式、温庭筠等在襄阳节度幕府中唱和酬答，所作诗歌编成《汉上题襟集》十卷。汉，汉水。④寻：《钦定词谱》作“禁”。

【声律】

1. 双调，六十五字，上阕五句，下阕七句。

2. 押平声韵，上阕押“深、心、寻”三平韵，下阕押“襟、寻、沉、音”四平韵。

3.《钦定词谱》卷十四以此词为正体。

22 何满子

【词牌由来】

何满子，词牌名。唐教坊曲名，后用为词牌。亦作《河满子》。

相传，何满子是唐开元中沧州歌者，临刑进此曲以赎死，竟不得免。唐白居易有《何满子》诗："世传满子是人名，临就刑时曲始成。一曲四词歌八叠，从头便是断肠声。"唐元稹有《何满子歌》："何满能歌能宛转，天宝年中世称罕。婴刑系在囹圄间，水调哀音歌愤懑。梨园弟子奏玄宗，一唱承恩羁网缓。便将何满为曲名，御谱亲题乐府纂。"有单调、双调两体。

【例词·词谱】

湖州作

见说岷峨[1]凄怆，	ⓧ仄㊣平㊣仄
旋闻江汉澄清[2]。	㊣平㊣仄平平
但觉秋来归梦好，	ⓧ仄㊣平平仄仄
西南自有长城[3]。	㊣平ⓧ仄平平
东府三人最少[4]，	㊣仄㊣平仄仄
西山八国初平[5]。	㊣平ⓧ仄平平

莫负花溪⑥纵赏，	㈳仄㈵平㈳仄
何妨药市⑦微行。	㈵平㈳仄平平
试问当垆人在否⑧，	㈳仄㈵平平仄仄
空教是处闻名。	㈵平㈳仄平平
唱著子渊新曲⑨，	㈳仄㈳平平仄
应须分外含情。	㈵平㈳仄平平

〔北宋〕苏轼

［注释］

①岷（mín）峨：四川的岷山和峨眉山，是苏轼故乡的名山。②江汉澄清：以长江、汉水复归澄清，比喻兵乱的平定。③长城：这里指国家所依赖的良将能臣。④“东府”句：苏轼叙述自己任参知政事时，是三人中年纪最轻的。东府，北宋时掌管政务的最高国务机关。⑤“西山”句：借用唐代韦皋招抚西山羌族八个部落的事，以称赞冯京安抚茂州诸藩部。⑥花溪：即浣花溪，在四川成都西郊，锦江支流。传说唐女诗人薛涛以溪水造十色笺纸，故名。宋陆游《老学庵笔记》载：“四月十九日，成都谓之浣花。遨头（州郡长官）宴于杜子美草堂沧浪亭。倾城皆出，锦绣夹道。”⑦药市：在成都城南玉局观。逢重阳日有盛大的集会。⑧“试问”句：用“文君当垆（卖酒）”事，暗示才俊辈出的成都该有人才出现，期待地方长官的识拔。《史记·司马相如列传》载，富家女卓文君与汉武帝时文人司马相如私奔，在临邛“买一酒舍酤（gū，卖）酒，而令文君当垆。相如自著犊鼻裈（kūn，短裤，一说围裙），与保庸（奴仆）杂作，涤器于市中。”⑨“唱著”句：借王褒作诗赞

美王襄事，歌颂冯京。汉宣帝时，蜀人王褒字子渊，有俊才，作诗歌颂益州刺史王襄政绩。

【声律】

1. 双调，七十四字，上下阕各六句。

2. 押平声韵，上阕押“清、城、平”三平韵，下阕押“行、名、情”三平韵。

3.《钦定词谱》卷三以五代尹鹗词（云雨常陪盛会）为双调正体。

23 鹤冲天

【词牌由来】

鹤冲天，词牌名。晋陶潜《搜神后记》卷一：“丁令威，本辽东人，学道于灵虚山。后化鹤归辽，集城门华表柱①。时有少年，举弓欲射之。鹤乃飞，徘徊空中而言曰：‘有鸟有鸟丁令威，去家千岁今来归。城郭如故人民非，何不学仙冢垒垒。’遂高上冲天。今辽东诸丁云其先世有升仙者。”后世遂以“鹤冲天”谓羽化登仙。此外，“鹤冲天”亦指飞鹤直上云天，比喻科举登第。

需要注意的是，此调与《喜迁莺》《春光好》之别名《鹤冲天》者不同。

注：①华表柱：古代设在桥梁、宫殿、城垣或陵墓等前做装饰用的巨大柱子。一般为石造，柱身往往雕有纹饰。北京天安门前后两对雕刻精美的华表，是杰出的代表作。

【例词·词谱】

黄金榜上，	平平仄仄
偶失龙头望①。	仄仄平平仄
明代②暂遗贤，	平仄仄平平
如何向。	平平仄
未遂风云便③，	仄仄平平仄

争不恣狂荡。	平仄仄平仄
何须论得丧。	平平仄仄仄
才子词人，	平仄平平
自是白衣卿相[4]。	仄仄(仄)平(平)仄
烟花巷陌，	平平仄仄
依约丹青屏障。	平仄平平(平)仄
幸有意中人，	仄仄仄平平
堪寻访。	平(平)仄
且恁偎红翠，	仄仄(平)平仄
风流事、平生畅。	平平仄、平平仄
青春都一饷[5]。	平平平仄仄
忍把浮名，	仄仄平平
换了浅斟低唱。	仄仄仄平平仄

〔北宋〕柳永

〖注释〗

①“黄金”二句：柳永写自己第一次科举考试落榜。

②明代：政治清明的时代。③“未遂”句：指没能实现君臣遇合的理想。④白衣卿相：指尚未发迹的读书人。

⑤一饷（xiǎng）：吃一顿饭的时间，后泛指片刻。

【声律】

1. 双调，八十六字，上下阕各九句。

2. 押仄声韵，上阕押“上、望、向、荡、丧、相”六仄韵，下阕押“障、访、畅、饷、唱”五仄韵。

3.《钦定词谱》卷二十一以北宋柳永词（闲窗漏永）为正体。

24 贺新郎

【词牌由来】

贺新郎，词牌名。南宋杨湜《古今词话》载：“苏子瞻守钱塘，有官妓秀兰天性黠慧，善于应对。湖中有宴会，群妓毕至，惟秀兰不来。遣人督之，须臾方至。子瞻问其故，具以‘发结沐浴，不觉困睡，忽有人叩门声，急起而问之，乃乐营[①]将催督之。非敢怠忽，谨以实告’。子瞻亦恕之。坐中倅车[②]，属意[③]于兰，见其晚来，恚恨[④]未已。责之曰：‘必有他事，以此晚至。’秀兰力辩，不能止倅之怒。是时榴花盛开，秀兰以一枝藉手告倅，其怒愈甚。秀兰收泪无言。子瞻作《贺新凉》以解之，其怒始息。其词曰‘乳燕飞华屋，悄无人、桐阴转午，晚凉新浴。手弄生绡白团扇，扇手一时似玉。渐困倚、孤眠清熟。帘外谁来推绣户，枉教人、梦断瑶台曲。又却是，风敲竹（下阕略）’。子瞻之作，皆目前事，盖取其沐浴新凉，曲名《贺新凉》也。后人不知之，误为《贺新郎》，盖不得子瞻之意也。”后人对此说多存疑。南宋豪放派词人常作此调，以抒慷慨激昂之怀。

苏轼《贺新郎》词有“乳燕飞华屋”句，故词牌又称《乳燕飞》；同一首词还有“又却是，风敲竹”句，又称《风敲竹》。南宋叶梦得词有“万里云帆何时到，送孤鸿、目断千山阻。谁为我，唱金缕”句，又称《金缕歌》《金缕曲》《金缕词》；南宋张辑词有“且趁霜天鲈鱼好，把貂裘、换酒长安市”句，又称《貂裘换酒》。

注：①乐营：古代官妓的坊署。②倅（cuì）车：官名。州郡长官的副职。③属意：爱慕。④恚（huì）恨：怨恨。

【例词·词谱】

邑中园亭，仆皆为赋此词。一日，独坐停云①，水声山色，竞来相娱，意溪山欲援例者，遂作数语，庶几仿佛渊明思亲友之意②云。

甚矣吾衰矣③。	仄仄平平仄
怅平生、交游零落，	仄平平、(平)平(平)仄
只今余几！	仄平平仄
白发空垂三千丈，	(仄)仄(平)平平(平)仄
一笑人间万事。	(仄)仄平平仄仄
问何物、能令公喜？	(仄)平仄、平仄(平)仄
我见青山多妩媚，	(仄)仄(平)平平仄仄
料青山、见我应如是。	仄平平、(仄)仄平平仄
情与貌④，	平仄仄
略相似。	仄平仄
一尊搔首⑤东窗里。	(仄)平(平)仄平平仄
想渊明、《停云》诗就，	仄平平、平平(平)仄
此时风味。	仄平平仄
江左沉酣求名者，	(平)仄(平)平平(平)仄
岂识浊醪妙理⑥。	(仄)仄(仄)平仄仄
回首叫、云飞风起。	(平)仄仄、平平(平)仄

不恨古人吾不见，	(仄)仄(仄)平平(仄)仄
恨古人、不见吾狂耳。	仄(仄)平、(仄)仄平平仄
知我者，	平仄仄
二三子[7]。	仄平仄

〔南宋〕辛弃疾

【注释】

①停云：即停云堂，是辛弃疾晚年在铅（yán）山（今江西铅山县西南）的游息之所。②渊明思亲友之意：陶渊明《停云》诗序："停云，思亲友也。"③甚矣吾衰矣：我衰老得多么厉害啊。语出《论语·述而》。子曰："甚矣吾衰矣，久矣吾不复梦见周公。"④情与貌：心情与面貌。⑤搔（sāo）首：以手抓头。形容焦急或有所思的样子。用陶渊明《停云》诗"良朋悠邈，搔首延伫（久待）"意。⑥"江左"二句：这里是讥笑南朝人只知求名，不懂得喝酒的妙处。江左，指南朝。浊醪（láo），用糯米、黄米等酿制的酒，较混浊。⑦二三子：指志同道合的朋友。语出《论语·八佾》，指孔子的学生。

【声律】

1. 双调，一百一十六字，上下阕各十句。

2. 押仄声韵，上阕押"矣、几、事、喜、是、似"六仄韵，下阕押"里、味、理、起、耳、子"六仄韵。

3.《钦定词谱》卷三十六以南宋叶梦得词（睡起流莺语）为正体。

25 浣溪沙

【词牌由来】

浣溪沙，词牌名。唐教坊曲名，唐时始用为词牌。浣，洗涤。沙，或作纱，故词牌又名《浣溪纱》《浣纱溪》。浣纱溪，一说即若耶溪，在今浙江绍兴南若耶山下，相传为西施浣纱处。《太平御览》引晋孔晔《会稽记》：“勾践[①]索美女以献吴王，得诸暨苎萝山卖薪女西施、郑旦，先教习于土城山。山边有石，云是‘西施浣纱石’。”

此调别名甚多：五代后蜀张泌词有“独立寒阶望月华，露浓香泛小庭花”句，又称《小庭花》；北宋贺铸词作《减字浣溪沙》，又称《减字浣溪沙》；南宋韩淲词有“芍药荼蘼满园春，门前杨柳媚晴曛”句，又称《满园春》；韩淲词还有“一曲西风醉木犀，天香吹梦入瑶池”句，又称《醉木犀》；韩淲词还有“霜后黄花尚自开，老年情绪何为哉”句，又称《霜菊黄》；韩淲词还有“月角珠庭映伏犀，扶摇当上凤凰池。广寒曾折最高枝”句，又称《广寒枝》；韩淲词还有“风软湖光远荡磨，春衫初试薄香罗。踏青无计奈君何”句，又称《试香罗》；韩淲词还有“买得船儿去下湖，这些天气近来无。清和风里绿阴初”句，又称《清和风》；韩淲词还有“睡鸭炉温吟散后，双鸳屏掩酒醒前。一番春事怨啼鹃”句，又称《怨啼鹃》。

注：①勾践：一作句践。春秋末年越国国君。曾被吴王夫差击败，臣服于吴。回国后，卧薪尝胆，终于转弱为强，灭吴国。

【例词·词谱】

一曲新词酒一杯，	(仄)仄平平(仄)仄平
去年天气旧亭台。	(仄)平(平)仄仄平平
夕阳西下几时回？	(仄)平(平)仄仄平平
无可奈何花落去，	(平)仄(仄)平平仄仄
似曾相识燕归来。	(仄)平(平)仄仄平平
小园香径[①]独徘徊。	(仄)平(平)仄仄平平

〔北宋〕晏殊

〖注释〗

①香径（jìng）：布满落花的小路。

【声律】

1. 双调，四十二字，上下阕各三句。

2. 押平声韵，上阕押“杯、台、回”三平韵，下阕押“来、徊”二平韵。

3.《钦定词谱》卷四以唐韩偓词（宿醉离愁慢髻鬟）为正体。

26　减字木兰花

【词牌由来】

减字木兰花，词牌名。《木兰花》本是唐教坊曲名，五代韦庄始用作词牌。原为七言八句，将一、三、五、七句各减去末三字，平仄韵互换，成为《减字木兰花》。词在产生之初，大多是配乐的歌词。词会随乐曲节奏变动而增减字数，从而引起句法、押韵的变化，打破旧体，另成一体。除《减字木兰花》外，《木兰花》另有《摊破木兰花》《偷声木兰花》等变体。

宋李了正作《减兰十梅》，又称《减兰》。宋徐介轩作《木兰香》（一帘疏雨），又称《木兰香》。

【例词 · 词谱】

春　怨

独行独坐，	(仄)平(仄)仄
独倡独酬还独卧。	(仄)仄(仄)平平仄仄
伫立①伤神，	(仄)仄平平
无奈轻寒著摸②人。	(平)仄平平(仄)仄平
此情谁见，	(仄)平(平)仄

泪洗残妆无一半。	㊀仄㊥平平仄仄
愁病相仍[3]，	㊥仄平平
剔尽寒灯[4]梦不成。	㊀仄平平㊀仄平

〔南宋〕朱淑真

〖注释〗

①伫（zhù）立：久立。②著（zhuó）摸：折磨，捉弄。③相仍：相继，连续不断。④寒灯：寒夜里的孤灯。多形容孤寂、凄凉的环境。

【声律】

1. 双调，四十四字，上下阕各四句。

2. 押仄声韵换平声韵。上阕押“坐、卧”二仄韵，换“神、人”二平韵；下阕押“见、半”二仄韵，换“仍、成”二平韵。

3.《钦定词谱》卷五以北宋欧阳修词（歌檀敛袂）为正体。

27 江城子

【词牌由来】

江城子，词牌名。首见于五代韦庄词，见《花间集》。五代时均为单调，宋人始作双调。北宋晁补之词，又称《江神子》；南宋韩淲词有“腊后春前村意远，回棹稳，水西流”句，又称《村意远》。

【例词·词谱】

单调

晚日金陵岸草平，	(仄)仄平平(仄)仄平
落霞明，	仄平平
水无情。	仄平平
六代[1]繁华，	(仄)仄(平)平
暗逐逝波声。	(仄)仄仄平平
空有姑苏台[2]上月，	(平)仄(平)平平仄仄
如西子[3]镜、照江城[4]。	(平)(平)仄仄、仄平平

〔五代〕欧阳炯《全唐五代词》

〖**注释**〗

①六代：指定都金陵的六个朝代，即三国吴，东晋，南朝的宋、齐、梁、陈。②姑苏台：台名。在今江苏苏州姑苏山上，相传为春秋时吴王夫差所筑。夫差于台上立春宵宫，饮酒作乐。越国攻吴，吴太子友战败，遂焚其台。③西子：即西施。④江城：这里指金陵。

双调

猎 词

老夫①聊发少年狂，	(仄)平(平)仄仄平平
左牵黄，	仄平平
右擎苍②。	仄平平
锦帽貂裘，	(仄)仄(平)平
千骑卷平冈。	(平)仄仄平平
为报③倾城随太守，	(仄)仄(平)平平仄仄
亲射虎、看孙郎④。	(平)(仄)仄、仄平平
酒酣胸胆尚开张。	(仄)平(平)仄仄平平
鬓微霜，	仄平平
又何妨？	仄平平
持节云中，	(平)仄(平)平
何日遣冯唐⑤？	(平)仄仄平平
会挽雕弓如满月，	(仄)仄(平)平平仄仄
西北望、射天狼⑥。	(平)(仄)仄、仄平平

〔北宋〕苏轼

【注释】

①老夫：苏轼自称，时年四十。②“左牵”二句：左手牵着黄狗，右手架着苍鹰。③为报：为了酬答。④孙郎：苏轼这里以孙权自比。据《三国志·吴主传》记载，孙权曾亲自射虎于庱亭（今江苏丹阳东）。⑤“持节”二句：倒装句，意思是何日派遣冯唐持节赴云中。节，使者所持的符节。云中，古郡名，在今内蒙古自治区托克托一带。《汉书·冯唐传》载，云中太守魏尚因多报杀敌数而降职。冯唐为魏尚求情，汉文帝接受了他的意见，派他去云中赦免魏尚，复其职。苏轼这里自比魏尚，希望出守边地。⑥天狼：天狼星。古人认为它主侵略，这里指代侵扰宋边境的敌人。

【声律】

1. 五代词，单调，三十六字，七句。押平声韵，押韵的字为“平、明、情、声、城”。

2. 宋词，双调，七十字，上下阕各七句。押平声韵，上阕押“狂、黄、苍、冈、郎”五平韵，下阕押“张、霜、妨、唐、狼”五平韵。

3.《钦定词谱》卷二以五代韦庄词（髻鬟狼籍黛眉长）为单调正体，双调两段，俱照韦庄体填。

28 解连环

【词牌由来】

解连环，词牌名。《钦定词谱》云“此调始自柳永”，因柳词有“小寒时节，正同云暮惨。劲风朝冽，信早梅、偏占阳和”，“时有香来，望明艳、遥知非雪”的句子，称《望梅》。后因周邦彦词有“信妙手、能解连环，似风散雨收，雾轻云薄”句，更名为《解连环》。

“解连环”典故见《战国策·齐策六》：“秦始皇尝使使者遗君王后玉连环，曰：‘齐多知，而解此环不？’君王后以示群臣，群臣不知解。君王后引椎椎破之（拿棍棒打破了它），谢秦使曰：‘谨以解矣！’”后以“解连环”比喻解决难题。

南宋张辑词有“把千种旧愁，付与杏梁语燕”句，故词牌又称《杏梁燕》。

【例词·词谱】

怨怀无托。	仄平平仄
嗟情人断绝，	㊥平平仄仄
信音辽邈。	㊀平平仄
信妙手、能解连环，	仄㊀㊀、㊥仄平平

似风散雨收，	仄(平)仄(仄)平
雾轻云薄。	(仄)平平仄
燕子楼[1]空，	(仄)仄平平
暗尘锁、一床弦索[2]。	(仄)(平)仄、(仄)平(平)仄
想移根换叶，	仄(平)平(仄)仄
尽是旧时，	(仄)仄(仄)平
手种红药[3]。	(仄)仄平仄
汀洲[4]渐生杜若[5]。	(平)平仄平(仄)仄
料舟依岸曲，	仄(平)平(仄)仄
人在天角。	(平)仄平仄
谩记得、当日音书，	(仄)(仄)仄、(平)仄平平
把闲语闲言，	仄(平)仄(平)平
待总烧却。	(仄)仄平仄
水驿春回，	(仄)仄平平
望寄我、江南梅萼[6]。	(仄)(仄)仄、(平)平(平)仄
拼今生、对花对酒，	仄(平)(平)、(仄)平仄仄
为伊泪落。	仄平(仄)仄

〔北宋〕周邦彦

〔注释〕

①燕子楼：楼名。在今江苏徐州。相传为唐贞元时尚书张建封之爱妾关盼盼的居所。张死后，盼盼念旧不嫁，独居此楼。后以“燕子楼”指女子居所。②弦索：指代乐器。③红药：红芍药花。④汀（tīng）洲：水中小洲。⑤杜若：

香草名。⑥望寄我、江南梅萼：用南朝陆凯寄梅事（详见《一剪梅》词牌由来）。

【声律】

1. 双调，一百零六字，上阕十一句，下阕十句。

2. 押仄声韵，上阕押“托、邈、薄、索、药”五仄韵，下阕押“若、角、却、萼、落”五仄韵。

3.《钦定词谱》卷三十四以北宋柳永词（小寒时节）为正体。

29 解语花

【词牌由来】

解语花，词牌名。北宋周邦彦创制，见《清真集》。

五代王仁裕《开元天宝遗事》记载了“解语花”的典故：“明皇秋八月，太液池①有千叶白莲数枝盛开，帝与贵戚宴赏焉，左右皆叹羡。久之，帝指贵妃示于左右曰：‘争如我解语花。’”唐玄宗把杨贵妃比作会说话的花朵，调名本此。

注：①太液池：在唐长安城大明宫含凉殿后，中有太液亭。

【例词·词谱】

上元①

风销绛蜡②，	平平仄仄
露浥红莲③，	仄仄平平
灯市光相射。	平㊀㊁平仄
桂华④流瓦。	仄平㊁仄
纤云散，	㊁平仄
耿耿⑤素娥⑥欲下。	㊀仄仄平㊀仄
衣裳淡雅。	平平㊀仄

看楚女、纤腰[7]一把。	仄仄仄、(平)平(仄)仄
箫鼓喧，	(平)仄平
人影参差，	(平)仄平平
满路飘香麝[8]。	(仄)仄平平仄
因念都城放夜[9]。	(平)仄(平)平仄仄
望千门[10]如画，	仄平平平仄
嬉笑游冶[11]。	平仄平仄
钿车罗帕[12]。	仄平平仄
相逢处，	平平仄
自有暗尘随马。	(仄)仄仄平(平)仄
年光是也[13]。	平平仄仄
唯只见、旧情衰谢。	(平)仄仄、(仄)平(平)仄
清漏移，	(平)仄平
飞盖[14]归来，	(平)仄平平
从舞休歌罢。	仄仄平平仄

〔北宋〕周邦彦**《清真集校注》**

〖注释〗

①上元：节日名。俗以农历正月十五日为上元节，也叫元宵节。②绛蜡：红烛。③红莲：做成红莲样的花灯。④桂华：月光。传说月中有桂树，故以桂代月。⑤耿耿：明亮的样子。⑥素娥：嫦娥别名。因月色白，故名素娥。⑦纤腰：据说楚灵王喜好细腰。⑧香麝（shè）：即麝香。麝，俗称香獐。形似鹿而小，无角，善跳跃。雄麝的腺囊

能分泌麝香，作香料或药用。⑨放夜：开放夜禁。⑩千门：指皇宫中的千门万户。 ⑪游冶（yě）：出游寻乐。⑫钿（diàn）车罗帕：坐在车上的少女用丝手帕和游人相招。钿车，用金银珠宝装饰的车。⑬是也：还是一样。⑭飞盖：高高的车篷，指代车。

【声律】

1. 双调，一百字，上下阕各十一句。

2. 押仄声韵，上阕押“射、瓦、下、雅、把、麝”六仄韵，下阕押“夜、冶、帕、马、也、谢、罢”七仄韵。

3.《钦定词谱》卷二十八以北宋秦观词（窗涵月影）为正体。

30 兰陵王

【词牌由来】

兰陵王，词牌名。唐教坊曲名，后用为词牌。兰陵王，北齐兰陵武王高长恭，文襄帝第四子。才武而貌美，自以为不足以威敌，临阵常戴假面出战。芒山之战，长恭为中军，率骑五百击周师金墉城下，勇冠三军，齐人歌谣以壮之，作《兰陵王入阵曲》。唐舞乐有“大面”（亦称“代面”），谓出于此。为此舞者戴假面，以效其指麾击刺之容。

毛幵《樵隐笔录》云：“绍兴初，都下盛行周清真咏柳《兰陵王慢》，西楼、南瓦皆歌之，谓之《渭城三叠》。以周词凡三换头，至末段，声尤激越，惟教坊老笛师能倚之，以节歌者。”

【例词·词谱】

柳

柳阴直[1]，	(仄)平仄
烟里丝丝弄碧。	(平)仄平平仄仄
隋堤[2]上、曾见几番，	平平仄、平仄(仄)平
拂水飘绵送行色。	仄仄平平仄(平)仄
登临望故国。	平平仄仄仄

谁识，	(平)仄
京华倦客。	平平仄仄
长亭路，	平平仄
年去岁来，	(平)仄(仄)平
应折柔条过千尺[3]。	(平)仄平平仄(平)仄
闲寻旧踪迹。	平平仄(平)仄
又酒趁哀弦，	仄仄仄平平
灯照离席[4]。	平(仄)(平)仄
梨花榆火催寒食[5]。	平平(平)仄平平仄
愁一箭风快[6]，	平仄仄平仄
半篙[7]波暖，	仄平(平)仄
回头迢递[8]便数驿。	平平(平)仄仄仄仄
望人在天北。	(仄)平仄(平)仄
凄恻[9]，	平仄
恨堆积。	(仄)(平)仄
渐别浦萦回，	仄仄仄平平
津堠[10]岑寂。	平仄(平)仄
斜阳冉冉[11]春无极。	平平仄仄平(平)仄
念月榭[12]携手，	仄仄仄平(仄)
露桥闻笛。	(仄)平(平)仄
沉思前事，	平平(平)仄
似梦里，	仄仄仄
泪暗滴。	仄(仄)仄

〔北宋〕周邦彦

〖注释〗

①柳阴直：写正午柳荫，日在中天，故树影直。②隋堤：隋炀帝时沿通济渠、邗沟河岸修筑的御道，道旁植杨柳，后人谓之隋堤。③“应折”句：为送行而折下的柳条应该超过千尺，极言送走者之多。④离席：离别的筵席。⑤“梨花”句：点明离别正当晚春，近寒食节。榆火，寒食节有禁火习俗（详见《淡黄柳》词注释），节后另钻榆、柳之木以取火种。⑥一箭风快：风将舟吹得如箭般快行。⑦半篙（gāo）：船家惯用撑船的竹竿测量水深。⑧迢（tiáo）递：形容遥远。⑨凄恻：哀伤。⑩津堠（hòu）：渡口上供瞭望用的土堡。⑪冉（rǎn）冉：慢慢地。⑫月榭（xiè）：赏月的台榭。榭，建在高台上的木屋。多为游观之所。

【声律】

1. 三段，一百三十字，前段十句，中段八句，后段十句。

2. 押仄声韵，前段押“直、碧、色、国、识、客、尺”七仄韵，中段押“迹、席、食、驿、北”五仄韵，后段押“恻、积、寂、极、笛、滴”六仄韵。

3.《钦定词谱》卷三十七以此词为正体。

31 浪淘沙

【词牌由来】

浪淘沙，词牌名。唐教坊曲名，后用为词牌。创自唐刘禹锡、白居易。原为小曲，单调，四句，二十八字，押三平声韵，亦即七言绝句。刘禹锡、白居易所作《浪淘沙》，其内容都是咏江浪淘沙的。刘禹锡的“濯锦江边两岸花，春风吹浪正淘沙。女郎剪下鸳鸯锦，将向中流定晚霞”较为著名，调名正由此而来。

南唐李煜始作《浪淘沙》词，盖因旧曲名，另创新声。又称《浪淘沙令》《卖花声》《过龙门》等。

【例词·词谱】

帘外雨潺潺①，	(平)仄仄平平
春意阑珊②。	(平)仄平平
罗衾不耐五更寒。	(平)平(仄)仄仄平平
梦里不知身是客③，	(仄)仄(仄)平平仄仄
一晌贪欢④。	(仄)仄平平
独自莫凭栏，	(仄)仄仄平平
无限江山，	(平)仄平平

别时容易见时难。　　(仄)平(平)仄仄平平
流水落花归去也，　　(平)仄(仄)平平仄仄
天上人间。　　(平)仄平平

〔南唐〕李煜**《全唐五代词》**

〖注释〗

①潺（chán）潺：形容雨声。②阑珊：将尽，衰残。
③身是客：指自己被拘汴京（今河南开封），形同囚徒。
④一晌（shǎng）贪欢：指贪恋梦境中的片刻欢乐。

【声律】

1. 双调，五十四字，上下阕各五句。

2. 押平声韵，上阕押“潺、珊、寒、欢”四平韵，下阕押“栏、山、难、间”四平韵。

3.《钦定词谱》卷十“浪淘沙令”以此词为正体。

32 临江仙

【词牌由来】

临江仙，词牌名。唐教坊曲名，后用为词牌。《钦定词谱》云：“唐词多缘题所赋，《临江仙》之言水仙，亦其一也。”

南唐李煜词又称《谢新恩》；北宋贺铸词有“人归落雁后，思发在花前”句，又称《雁后归》；南宋韩淲词有“罗帐画屏新梦悄，绿窗慵起香残”句，又称《画屏春》；南宋李清照词有“庭院深深深几许，云窗雾阁常扃”句，又称《庭院深深》。

【例词·词谱】

滚滚长江东逝水，	(仄)仄(平)平平仄仄
浪花淘尽英雄[1]。	(仄)平(平)仄平平
是非成败转头空。	(仄)平(平)仄仄平平
青山依旧在，	(平)平(平)仄仄
几度夕阳红。	(仄)仄(仄)平平
白发渔樵江渚[2]上，	(仄)仄(平)平平仄仄
惯看秋月春风。	(仄)仄(平)仄平平
一壶浊酒喜相逢。	(仄)平(仄)仄仄平平

古今多少事，	㊀平平仄仄
都付笑谈中。	㊥仄仄平平

〔明〕杨慎《**历代词萃**》

〖注释〗

①“滚滚”二句：化用宋苏轼词《念奴娇·赤壁怀古》“大江东去，浪淘尽、千古风流人物”句。②江渚（zhǔ）：江中小洲，亦指江边。

【声律】

1. 双调，六十字，上下阕各五句。

2. 押平声韵，上阕押“雄、空、红”三平韵，下阕押“风、逢、中”三平韵。

3.《钦定词谱》卷十以五代和凝词（海棠香老春江晚）为正体。

33 柳梢青

【词牌由来】

柳梢青，词牌名。有押平声韵和仄声韵两体。

押平声韵的，因南宋韩淲词有“云淡秋空。一江流水，烟雨蒙蒙”句，又称《云淡秋空》；韩淲词还有“雨洗元宵。楼台烟锁，隐隐笙箫”句，又称《雨洗元宵》；韩淲词还有“玉水明沙。峰回路转，城倚桥斜”句，又称《玉水明沙》；元张羽词又称《早春怨》。

押仄声韵的，无名氏词有“陇头残月”句，又名《陇头月》。

【例词·词谱】

和沈山子西湖后游之作

障羞罗扇，	(仄)平平仄
花时[1]犹记，	(平)平平仄
者边[2]曾见。	(仄)平平仄
曲录[3]阑干，	(仄)仄平平
玲珑窗户，	(平)平平仄
也都寻遍。	(仄)平平仄

两峰依旧青青，	㊀平㊁仄平平
但不比、眉梢平远。	仄㊀仄、平平㊁仄
第一难忘，	㊀仄平平
重来崔护，	㊁平平仄
去年人面④。	㊀平平仄

〔清〕朱彝尊《曝书亭记》

【注释】

①花时：百花盛开的时节，这里指春日。②者边：这边。③曲录：弯曲的样子。④“第一”三句：化用唐崔护《题都城南庄》诗“人面不知何处去，桃花依旧笑春风”句。

【声律】

1. 双调，四十九字，上阕六句，下阕五句。

2. 押仄声韵，上阕押“扇、见、遍”三仄韵，下阕押“远、面”二仄韵。

3.《钦定词谱》卷七以北宋贺铸词（子规啼血）为仄韵正体。

34 六 丑

【词牌由来】

六丑，词牌名。创自周邦彦。南宋周密《浩然斋雅谈》记：宣和中，李师师[①]以能歌舞称，时周邦彦为太学生，每游其家。一夕，值祐陵[②]临幸，仓卒隐去。既而赋小词，所谓“并刀如水、吴盐胜雪”者，盖纪此夕事也。未几，李被宣唤，遂歌于上前。问“谁所为”？则以邦彦对。于是，遂与解褐[③]，自此通显。既而，朝廷赐酺[④]，师师又歌《大酺》《六丑》二解，上顾教坊使袁绹问。绹曰：“此起居舍人新知潞州周邦彦作也。”问《六丑》之意，莫能对，急召邦彦问之。邦彦对曰：“此犯六调，皆声之美者，然绝难歌。昔高阳氏[⑤]有子六人，才而丑，故以此比之。”上喜，意将留行，且以近者祥瑞沓至，将使播之乐府，命蔡元长微叩之，邦彦云：“某老矣，颇悔少作。”

明代杨慎以《六丑》名不雅，易名《箇侬[⑥]》。《钦定词谱》卷三十八另收《箇侬》，为南宋廖莹中所作词，以起句“恨箇侬无赖”为名，与《六丑》非一调。

注：①李师师：北宋末年汴京名妓，靖康后流落南方。②祐陵：即宋徽宗赵佶。因他的陵墓名为“永祐陵”，故宋人多称他为“祐陵”。③解褐：指脱去布衣，担任官职。④赐酺（pú）：秦汉之法，三人以上不得聚饮，

只有当朝廷有庆典，才会特许臣民聚会欢饮。后来演变为一种宴饮庆祝活动。酺，聚会宴饮。⑤高阳氏：即颛顼（zhuānxū），传说中的古代部族首领，号高阳氏。黄帝之孙，昌意之子。⑥箇（gè）侬：犹渠侬，指这个人或那个人。

【例词·词谱】

蔷薇谢后作

正单衣试酒[1]，	仄平平仄仄
恨客里、光阴虚掷。	仄仄仄、平平平仄
愿春暂留，	(仄)平(仄)平
春归如过翼[2]。	平平平仄仄
一去无迹。	仄仄平仄
为问花何在，	仄仄平平仄
夜来风雨，	(仄)平(平)仄
葬楚宫倾国[3]。	仄仄平平仄
钗钿[4]堕处遗香泽。	平平仄仄平平仄
乱点桃蹊，	仄仄平平
轻翻柳陌。	平平仄仄
多情为谁追惜[5]。	平平仄平平仄
但蜂媒蝶使，	仄平平仄仄
时叩窗隔。	平(仄)(平)仄
东园岑寂。	平平平仄
渐蒙笼暗碧[6]。	仄平平仄仄
静绕珍丛[7]底，	仄仄平平仄
成叹息。	平仄仄

长条故惹行客。	平平仄仄平仄
似牵衣待话，	仄平平仄仄
别情无极[8]。	㊀仄平㊉平仄
残英小、强簪巾帻[9]。	平平仄、仄平平仄
终不似一朵，	平仄仄仄仄
钗头颤袅，	平平仄仄
向人欹侧。	仄平平仄
漂流处、莫趁潮汐[10]。	平平仄、仄仄平仄
恐断红、尚有相思字[11]，	仄仄平、仄仄平平仄
何由见得。	平平仄仄

〔北宋〕周邦彦

【注释】

①试酒：宋代风俗，农历三四月间，初尝新酒。②过翼：经过的飞鸟。比喻时间流逝之快。③楚宫倾国：以南方美人喻蔷薇花。④钗钿（tián）：用美人坠落的钗钿比喻凋落的花瓣。钿，用金、银、玉、贝等制成的花朵状的首饰。⑤“多情”句：有哪一个多情的人替落花惋惜呢？为谁，谁为。⑥蒙笼暗碧：树木成荫，一片深绿。⑦珍丛：即蔷薇花丛。⑧“长条”三句：带刺的花枝钩住词人的衣裳，似乎要表达深情。⑨强簪（zān）巾帻（zé）：勉强把残花戴在头巾上。簪，插、戴。帻，古代包扎发髻的巾。⑩“漂流”句：劝落花不要随流水而去。⑪“恐断”句：引用红叶题诗故事。卢渥应举，偶临御沟（流经宫苑的河道），见一红叶，上题诗：“水流何太急，深宫竟日闲。殷勤谢红叶，好去到人间。”后来宫中放出宫女择配，其中那位归卢渥者竟是题叶之人。

【声律】

1. 双调，一百四十字，上下阕各十四句。

2. 押仄声韵，上阕押“掷、翼、迹、国、泽、陌、惜、隔”八仄韵，下阕押“寂、碧、息、客、极、帻、侧、汐、得”九仄韵。

3.《钦定词谱》卷三十八以此词为正体。

35　六州歌头

【词牌由来】

六州歌头，词牌名。本鼓吹曲名，后用为词牌。据《钦定词谱》载，南宋程大昌《演繁露》：“《六州歌头》本鼓吹曲也。近世好事者倚其声为吊古词，音调悲壮，又以古兴亡事实文之。闻其歌，使人慷慨，良不与艳词同科，诚可喜也。”六州，指唐西边之伊、凉、甘、石、氐、渭诸州，每州各有歌曲，统名《六州》。歌头，指全曲之首章，或截大曲多遍之开头部分。宋人倚其声而创调。

【例词·词谱】

长淮①望断②，	(平)平(仄)仄
关塞莽然③平。	(平)仄仄平平
征尘暗，	平(平)仄
霜风劲，	平(平)仄
悄边声。	仄平平
黯销凝④。	仄平平
追想当年事⑤，	(平)仄(平)平仄
殆天数，	(仄)平仄
非人力；	平(平)仄

洙泗上，	(平)(仄)仄
弦歌地，	平(平)仄
亦膻腥[6]。	仄平平
隔水毡乡[7]，	(仄)仄(平)平
落日牛羊下，	(仄)仄平平仄
区脱[8]纵横。	(平)仄平平
看名王[9]宵猎，	仄(平)平(平)仄
骑火一川明。	(仄)仄仄平平
笳鼓[10]悲鸣，	(平)仄平平
遣人惊。	仄平平
念腰间箭，	仄平平仄
匣中剑，	(仄)平仄
空埃蠹[11]，	平平仄
竟何成。	仄平平
时易失，	平(仄)仄
心徒壮，	平(平)仄
岁将零。	仄(平)平
渺神京[12]。	仄(平)平
干羽[13]方怀远[14]，	(平)仄平平仄
静烽燧[15]，	(仄)平仄
且休兵。	仄平平
冠盖使[16]，	平(仄)仄
纷驰骛[17]，	(平)(平)仄
若为情[18]？	仄平平
闻道中原遗老，	(平)仄(平)平(平)仄

常南望、翠葆霓旌[19]。　　㊥平仄、㊦仄平平
使行人到此，　　仄㊥平㊦仄
忠愤气填膺[20]，　　㊥仄仄平平
有泪如倾。　　㊦仄平平

〔南宋〕张孝祥

【注释】

①长淮：即淮河。当时为宋金分界线。②望断：向远处看直到看不见。③莽(mǎng)然：草木茂盛的样子。④黯销凝：伤感、销魂、凝神。⑤当年事：指中原沦陷。⑥“洙泗”三句：张孝祥在这里感慨礼乐之邦陷于敌手。洙泗，洙水和泗水，流经山东曲阜，孔子曾在此讲学，倡导礼乐治国。膻（shān）腥，牛羊的腥臊气，这里是对北方政权的蔑称。⑦毡（zhān）乡：指金人占领区。北方民族居住在毡帐里，故称。⑧区（ōu）脱：匈奴语。土堡。泛指边境哨所。⑨名王：古代少数民族声名显赫的王。这里指金兵将领。⑩笳（jiā）鼓：笳声与鼓声，这里借指军乐。笳，古管乐器，即胡笳。流行于塞北和西域一带。汉张骞从西域传入，其音悲凉。⑪空埃蠹(dù)：白白地积满灰尘，生出蛀虫。蠹，蛀虫。⑫神京：指已经沦陷的北宋首都汴京。⑬干(gān)羽：本指古代舞者所执的舞具。文舞执羽，武舞执干(盾牌)。这里指文德教化。⑭怀远：对边远少数民族实行怀柔政策。此处用以讽刺宋金议和。⑮烽燧（fēngsuì）：古代边防报警的信号，白天放烟叫烽，夜间举火叫燧。⑯冠盖使：指朝廷议和使臣。冠盖，礼帽和车盖，指代高官。⑰驰骛(wù)：疾驰奔腾。⑱若为情：何以为情，指感情上受不了。

若，何。⑲ 翠葆霓旌（níjīng）：帝王仪仗。这里指代天子。翠葆，用翠鸟羽毛连缀于竿头而成的仪仗，形似盖。霓旌，缀有五色羽毛的旗帜。⑳ 填膺（yīng）：充塞于胸膛。膺，胸。

【声律】

1. 双调，一百四十三字，上下阕各十九句。

2. 押平声韵，上阕押“平、声、凝、腥、横、明、鸣、惊”八平韵，下阕押“成、零、京、兵、情、旌、膺、倾”八平韵。

3.《钦定词谱》卷三十八以北宋贺铸词（少年侠气）为正体。

36 满江红

【词牌由来】

满江红，词牌名。明杨慎《词品》：“唐人小说《冥音录》载曲名有《上江虹》，即《满江红》。”唐时可能已有曲调，但并无词作。至北宋柳永后填词者渐多。有仄韵和平韵两体。

仄韵一般用入声韵，慷慨激昂，适宜抒发壮志豪情。相传岳飞所作“怒发冲冠”一首，最为有名。

南宋姜夔始作平韵体，但用者不多。《姜白石词笺注》载：“《满江红》旧调用仄韵，多不协律……予欲以平韵为之，久不能成。因泛巢湖，闻远岸箫鼓声，问之舟师，云：‘居人为此湖神姥寿也。’予因祝曰：‘得一席风径至居巢，当以平韵《满江红》为迎送神曲。’言讫，风与笔俱驶，顷刻而成……书以绿笺，沉于白浪，辛亥正月晦也。”

【例词·词谱】

写 怀

怒发冲冠[1]，	(仄)仄平平
凭栏处、潇潇雨歇。	(平)(平)仄、(平)平(仄)仄
抬望眼、仰天长啸，	(平)(仄)仄、(仄)平(平)仄

壮怀激烈。	(仄)平(仄)仄
三十功名尘与土，	(平)仄(平)平平仄仄
八千里路云和月。	(仄)平(仄)仄平平仄
莫等闲②、白了少年头，	仄(仄)平、(仄)仄仄平平
空悲切。	平(平)仄
靖康耻③，	(仄)(平)仄
犹未雪。	平(仄)仄
臣子恨，	(平)(仄)仄
何时灭？	平(平)仄
驾长车④踏破，	仄(平)平(仄)仄
贺兰山⑤缺。	(仄)平(平)仄
壮志饥餐胡虏⑥肉，	(仄)仄(平)平平仄仄
笑谈渴饮匈奴血。	(仄)平(仄)仄平平仄
待从头、收拾旧山河，	仄(平)平、(平)仄仄平平
朝天阙⑦。	平(平)仄

〔南宋〕岳飞

〖注释〗

①怒发冲冠：愤怒时头发竖立，把帽子顶起来。②等闲：随随便便。③靖康耻：指靖康二年（1127），汴京被金兵攻陷，徽、钦二帝及皇后嫔妃被掠走，中原沦丧的奇耻大辱。靖康，宋钦宗年号。④长车：长毂兵车。《周礼·考工记·车人》：“行泽者欲短毂，行山者欲长毂，短毂则利，长毂则安。”⑤贺兰山：也叫阿拉善山，在宁夏回族自治区西北和内蒙古自治区交界处。蒙古语“贺兰”，意即“骏马”。⑥胡

虏（lǔ）：与下文“匈奴”都是指金兵。⑦朝天阙（què）：朝见天子。天阙，天子的宫阙。

【声律】

1. 双调，九十三字，上阕八句，下阕十句。

2. 押仄声韵，上阕押“歇、烈、月、切”四仄韵，下阕押“雪、灭、缺、血、阙”五仄韵。

3.《钦定词谱》卷二十二以北宋柳永词（暮雨初收）为正体。

37 满庭芳

【词牌由来】

满庭芳，词牌名。可能出自唐人诗句。唐吴融诗有“满庭芳草易黄昏”句，柳宗元诗有“满庭芳草积”句。有平声韵和仄声韵两体。又称《锁阳台》《满庭霜》。

此调适宜表达轻柔婉转、往复缠绵的情绪（龙榆生语）。

【例词·词谱】

山抹①微云，	(平)仄平平
天连衰草，	(平)平(平)仄
画角②声断谯门③。	(仄)仄(平)仄平平
暂停征棹④，	(仄)平(平)仄
聊共引离尊。	(平)仄仄平平
多少蓬莱旧事⑤，	(平)仄(平)平(仄)仄
空回首、烟霭纷纷。	(平)(平)仄、(平)仄平平
斜阳外，	(平)平仄
寒鸦万点，	(平)平(仄)仄
流水绕孤村。	(平)仄仄平平
销魂⑥。	(平)平
当此际，	(平)仄仄

香囊暗解，	(平)平(仄)仄
罗带轻分⑦。	(平)仄平平
谩赢得、青楼薄幸名存⑧。	(仄)(平)仄、(平)平(仄)仄平平
此去何时见也，	(仄)仄(平)平(仄)仄
襟袖上、空惹啼痕。	(仄)(仄)仄、(平)仄平平
伤情处，	(平)平仄
高城望断，	(平)平(仄)仄
灯火已黄昏。	(平)仄仄平平

〔北宋〕秦观

〖注释〗

①抹：涂抹。形容浮云从山峰缓缓飘过。②画角：古管乐器。传自西羌。以竹木或皮革等制成，因表面有彩绘，故称。发声哀厉高亢。③谯（qiáo）门：建有瞭望楼的城门。④征棹：指远行的船。⑤蓬莱旧事：指秦观在会稽蓬莱阁时的一段感情经历。蓬莱，蓬莱阁。在今浙江绍兴龙山。⑥销魂：灵魂离散。这里形容离别的伤感。⑦罗带轻分：古人以解罗带喻男女幽会。⑧“谩赢”句：化用唐杜牧《遣怀》诗“十年一觉扬州梦，赢得青楼薄幸名”句。这是秦观对自己不得已离别的解释。谩，不经意地。薄幸，薄情。

【声律】

1. 双调，九十五字，上下阕各十句。

2. 押平声韵，上阕押“门、尊、纷、村”四平韵，下阕押“魂、分、存、痕、昏”五平韵。

3.《钦定词谱》卷二十四以北宋晏几道词（南苑吹花）为正体。

38 摸鱼儿

【词牌由来】

摸鱼儿，词牌名。唐教坊曲名，后用为词牌。因北宋晁补之词有“买陂塘、旋栽杨柳，依稀淮岸江[1]浦”句，又名《买陂塘》《迈陂塘》《陂塘柳》；南宋辛弃疾赋怪石词，改名《山鬼谣》。

元李冶《迈陂塘》词赋并蒂荷：“大名有男女以私情不遂赴水者，后三日，二尸相携出水滨，是岁陂荷俱并蒂，为多情和天也老，不应情遽如许！请君试听双芙蕖怨，方见此情真处。”因有“试听双芙蕖怨”句，又称《双蕖怨》。

注：①江：《全宋词》为“江”，《钦定词谱》作“湘”。

【例词·词谱】

淳熙己亥，自湖北漕移湖南，同官王正之置酒小山亭，为赋[1]。

更能消[2]、几番风雨，	仄平平、(仄)平(平)仄
匆匆春又归去。	(平)平(平)仄平仄
惜春长怕花开早，	(仄)平(平)仄平平仄
何况落红无数。	(平)仄(仄)平(平)仄
春且住[3]，	平(仄)仄

见说道、天涯芳草无归路[4]。	(仄)(仄)仄、(平)平(平)仄平(平)仄
怨春不语。	(仄)平(仄)仄
算只有殷勤，	仄(仄)仄(平)平
画檐蛛网，	(仄)平(平)仄
尽日惹飞絮。	(仄)仄(仄)平仄
长门事，	平(平)仄
准拟佳期又误。	仄仄(平)平仄仄
蛾眉曾有人妒。	(平)平(平)仄平仄
千金纵买相如赋，	(平)平(仄)仄(仄)平仄
脉脉此情谁诉[5]？	仄仄(仄)平(平)仄
君莫舞，	平(仄)仄
君不见、玉环飞燕[6]皆尘土。	(平)(仄)仄、(仄)平(平)仄平平仄
闲愁[7]最苦。	(平)平仄仄
休去倚危栏，	(平)仄(仄)平平
斜阳正在，	(平)平(仄)仄
烟柳断肠处。	(平)仄(仄)平仄

〔南宋〕辛弃疾

〖注释〗

①宋孝宗淳熙六年（1179），辛弃疾奉命由湖北调至湖南任转运副使，同僚王正之在鄂州（今武汉）为其饯行，辛弃疾于是写下这首词。漕（cáo），漕司，转运使，主要掌管一路财赋。②消：经受。③且住：暂时留下来。④“见说”句：听说芳草长到了天边，遮断了春天的归路。

见说道，听说。⑤“长门”五句：《文选·长门赋序》载，陈皇后失宠于汉武帝，幽居长门宫，听说司马相如善文，以千金请作《长门赋》。武帝读后感悟，于是陈皇后再度受宠。此记载可能并非史实，辛弃疾这里只是借以抒怀。蛾眉，蚕蛾触须般细长弯曲的眉毛，指代美女。⑥玉环飞燕：泛指皇帝宠爱的女人。玉环，杨贵妃的小名，唐玄宗的宠妃，后因马嵬兵变被赐死。飞燕，赵飞燕，汉成帝宠爱的皇后，失宠后废为庶人，自杀身亡。⑦闲愁：这里指受冷落，不被重用的苦恼。

【声律】

1. 双调，一百一十六字，上阕十句，下阕十一句。

2. 押仄声韵，上阕押“雨、去、数、住、路、语、絮”七仄韵，下阕押“误、妒、赋、诉、舞、土、苦、处”八仄韵。

3.《钦定词谱》卷三十六以北宋晁补之词（买陂塘）为正体。

39 蓦山溪

【词牌由来】

蓦[①]山溪，词牌名。北宋贺铸有“弄珠英，因风委坠”句，又名《弄珠英》；元刘应李《翰墨全书》该调又称《上阳春》；元王哲改名为《心月照云溪》。

注：①蓦（mò）：穿越，跨过。

【例词·词谱】

停云竹径初成

小桥流水，	(仄)平(平)仄
欲下前溪去。	(仄)仄平平仄
唤取故人来，	(仄)仄仄平平
伴先生、风烟杖屦[①]。	仄(平)(平)、(平)平(仄)仄
行穿窈窕[②]，	(平)平(仄)仄
时历小崎岖[③]，	(平)仄仄平平
斜带水，	平(仄)仄
半遮山，	仄(平)(平)
翠竹栽成路。	(仄)仄平平仄

一尊遐想，	(仄)平(平)仄
剩有渊明趣。	(仄)仄平平仄
山上有停云，	(平)仄仄平平
看山下、濛濛细雨。	仄(平)(仄)、(平)平(仄)仄
野花啼鸟，	(仄)平(平)仄
不肯入诗来，	(仄)仄仄平平
还一似，	平(仄)仄
笑翁诗，	仄(平)平
句没安排处。	(仄)仄平平仄

〔南宋〕辛弃疾

【注释】

①杖屦（jù）：手杖与鞋子。这里指拄杖漫步。②窈窕（yǎotiǎo）：深远的样子。③崎岖（qíqū）：形容道路高低不平。

【声律】

1. 双调，八十二字，上下阕各九句。

2. 押仄声韵，上阕押“去、屦、路”三仄韵，下阕押“趣、雨、处”三仄韵。

3.《钦定词谱》卷十九以南宋程垓词（老来风味）为正体。

40　木兰花慢

【词牌由来】

木兰花慢，词牌名。《木兰花》，唐教坊曲名，后用为词牌。宋借其名，另创新声，演为《木兰花慢》。始见柳永《乐章集》。

【例词·词谱】

拆①桐花烂漫，	仄(平)平(仄)仄
乍疏雨、洗清明。	(仄)(平)仄、仄平平
正艳杏烧林，	仄(仄)仄(平)平
缃桃②绣野，	(平)平(仄)仄
芳景如屏。	(平)仄平平
倾城，	平平
尽寻胜去，	仄平(仄)仄
骤雕鞍绀幰出郊坰③。	仄(平)平(仄)仄仄平平
风暖繁弦脆管，	(平)仄(平)平(仄)仄
万家竞奏新声。	(仄)平(仄)仄平平
盈盈④。	平平
斗草⑤踏青。	(仄)仄(仄)平
人艳冶、递逢迎。	(平)(仄)仄、仄平平
向路旁往往，遗簪堕珥，	仄(仄)平(仄)仄，(平)平(仄)仄

珠翠[6]纵横。	(平)仄平平
欢情。	平平
对佳丽地，	仄平(仄)仄
任金罍罄竭玉山倾[7]。	仄(平)平(仄)仄仄平平
拼却明朝永日，	(平)仄(平)平(仄)仄
画堂一枕春酲[8]。	(仄)平(仄)仄平平

〔北宋〕柳永

【注释】

①拆：裂开。这里指绽放。 ②缃（xiāng）桃：子叶桃。缃，嫩黄色。 ③"骤雕鞍"句：这句是说男骑宝马，女坐香车到郊外游玩。雕鞍，刻饰花纹的马鞍，指代马。绀幰（gànxiǎn），天青色的车帷，指代车。郊坰（jiōng），郊外。 ④盈盈：指女性的轻盈体态。这里指代妇女。 ⑤斗草：一种古代游戏。竞采花草，比赛多寡优劣。 ⑥珠翠：珍珠和翡翠。这里指盛装出行的妇女。 ⑦"任金罍"句：尽饮美酒，陶然大醉，有如玉山之倾倒。金罍（léi），饰金的盛酒器。罄（qìng），竭、尽。玉山倾，形容人醉酒的姿态非常美好。出自《世说新语·容止》，山公（山涛）谓嵇康"其醉也，傀（guī）俄若玉山之将崩"。 ⑧春酲（chéng）：春日醉酒后的困倦。酲，酒醉后神志不清。

【声律】

1. 双调，一百零一字，上下阕各十句。

2. 押平声韵，上阕押"明、屏、城、坰、声"五平韵，下阕押"盈、青、迎、横、情、倾、酲"七平韵。

3.《钦定词谱》卷二十九以此词为正体。

41 南 歌 子

【词牌由来】

南歌子，词牌名。唐教坊曲名，后用为词牌。一说调名本于东汉张衡《南都[1]赋》“坐南歌兮起郑舞”句。“南歌”即南方民歌的意思。

《南歌子》有单调、双调两体。单调始见于唐温庭筠词，双调始见于五代后蜀毛熙震词。单调因温庭筠词有“忆君肠欲断，恨春宵”句，又称《春宵曲》；唐张泌词有“高卷水晶帘额，衬斜阳”句，又称《水晶帘》；张泌词还有“惊断碧窗残梦，画屏空”句，又称《碧窗梦》；元郑子聃有“我爱沂阳好”词十首，又称《十爱词》。双调，周邦彦词名《南柯子》，此名出自唐李公佐传奇《南柯记》，写淳于棼梦入蝼蚁国为南柯郡太守事。南宋程垓词名《望秦川》；宋田为词有“团玉梅梢重，香罗芰扇低。帘风不动蝶交飞”句，又称《风蝶令》。

注：①南都：即今河南南阳。东汉光武帝刘秀的故乡在南阳郡，郡治宛。因宛在京都洛阳之南，故称南都。

【例词·词谱】

凤髻金泥带[1]，	(仄)仄平平仄
龙纹玉掌梳。	平平(仄)仄平
走来窗下笑相扶，	(仄)平(平)仄仄平平
爱道画眉深浅、入时无[2]？	(仄)仄(仄)平(平)仄、仄平平
弄笔偎人久，	(仄)仄平平仄
描花[3]试手初。	平平(仄)仄平
等闲[4]妨了绣功夫，	(仄)平(平)仄仄平平
笑问双鸳鸯字、怎生[5]书？	(仄)仄(平)平(平)仄、仄平平

〔北宋〕欧阳修

〖注释〗

①“凤髻(jì)”句：头发盘成凤凰式，用金泥带子把它束起来。金泥，用以饰物的金屑。②“爱道”句：化用唐朱庆馀《近试上张籍水部》诗“妆罢低声问夫婿，画眉深浅入时无”句。入时无，合乎时尚吗？ ③描花：刺绣照花样描摹。④等闲：平白无故。⑤怎生：怎样。

【声律】

1. 双调，五十二字，上下阕各四句。

2. 押平声韵，上阕押“梳、扶、无”三平韵，下阕押“初、夫、书”三平韵。

3.《钦定词谱》卷一以五代毛熙震（惹恨还添恨）为双调正体。

42 南 浦

【词牌由来】

南浦，词牌名。唐教坊曲有《南浦子》，宋人借旧曲名另制新调。宋人用《南浦》填词始于周邦彦。南浦，意为南面的水边，出自《楚辞·九歌·河伯》："子交手兮东行，送美人兮南浦。"王逸注："愿河伯送己南至江之涯。"南朝梁江淹《别赋》："春草碧色，春水渌波，送君南浦，伤如之何。"后常用"南浦"指代送别之地。

该调有平韵和仄韵两体，宋人多填仄韵。

【例词·词谱】

春 水①

波暖绿粼粼②，	(平)仄仄平平
燕飞来、好是苏堤③才晓。	仄平平、(仄)仄(平)平平仄
鱼没浪痕圆，	平仄仄平平
流红去、翻笑东风难扫④。	平(平)仄、(平)仄(平)平(平)仄
荒桥断浦，	(平)平仄仄
柳阴撑出扁舟小。	(仄)平(平)仄平平仄
回首池塘青欲遍，	(平)仄(平)平平仄仄
绝似梦中芳草。	(仄)仄(仄)平平仄

和云流出空山，	㊣平㊣仄平平
甚年年净洗，	仄㊣平㊀仄
花香不了？	㊣平㊀仄
新绿乍生时，	㊣仄仄平平
孤村路、犹忆那回曾到。	平平仄、㊣仄㊀平平仄
余情渺渺。	㊣平仄仄
茂林觞咏⑤如今悄。	㊀平㊣仄平平仄
前度刘郎归去后，	平仄㊣平平仄仄
溪上碧桃多少⑥？	㊣仄㊀平平仄

〔南宋〕张炎

〖注释〗

①张炎因这首咏西湖春水之作驰名词坛，并得“张春水”的佳名。②粼粼（lín）：水流清澈的样子。③苏堤：北宋元祐年间，苏轼知杭州时，疏浚西湖，堆泥筑堤，故名。苏堤春晓为“西湖十景”之首。④“流红”句：西湖水带走了落花，嘲笑春风无法吹净凋落的残花。⑤茂林觞（shāng）咏：东晋王羲之曾与众人游于会稽山阴之兰亭，作《兰亭集序》，云“此地有崇山峻岭，茂林修竹”，“一觞一咏，亦足以畅叙幽情”。⑥“前度”句：化用唐刘禹锡《玄都观桃花》诗“玄都观里桃千树，尽是刘郎去后栽”句。

【声律】

1. 双调，一百零五字，上阕八句，下阕九句。

2. 押仄声韵，上阕押“晓、扫、小、草”四仄韵，下阕押“了、到、渺、悄、少”五仄韵。

3.《钦定词谱》卷三十三以南宋程垓词（金鸭懒熏香）为正体。

43 南乡子

【词牌由来】

南乡子，词牌名。唐教坊曲名，后用为词牌。《南乡子》本是咏南方风物的民歌。南乡，即南国。晚清况周颐《餐樱庑词话》载，周草窗（密）曰："李珣、欧阳炯辈，俱蜀人，各制《南乡子》数首以志风土，亦《竹枝》体也。"

有单调、双调两体。单调始自五代欧阳炯，双调始自五代冯延巳。

【例词 · 词谱】

登京口北固亭有怀[①]

何处望神州？	㊥仄仄平平
满眼风光北固楼。	㊀仄平平㊀仄平
千古兴亡多少事？	㊥仄㊥平平仄仄
悠悠，	平平
不尽长江滚滚流[②]。	㊀仄平平㊀仄平
年少[③]万兜鍪[④]，	㊥仄仄平平
坐断[⑤]东南战未休。	㊀仄平平㊀仄平

天下英雄谁敌手[6]？	㊥仄㊥平平仄仄
曹刘[7]，	平平
生子当如孙仲谋[8]。	㊥仄平平㊥仄平

〔南宋〕辛弃疾

【注释】

①本词作于宋宁宗嘉泰四年（1204），当时辛弃疾在镇江知府任上。京口，今江苏镇江。北固亭，在镇江城北北固山上。东晋蔡谟（mó）筑楼山上，名北固楼，也称北固亭。②“不尽”句：化用唐杜甫《登高》诗“无边落木萧萧下，不尽长江滚滚来”句，感叹千古兴亡无尽无休，一如江水滚滚东流。③年少：孙权十九岁继承父兄基业，所以说“年少”。④万兜鍪（dōumóu）：指千军万马。兜鍪，头盔，这里代指兵士。⑤坐断：占据，割据。⑥敌手：能力相当的对手。⑦曹刘：曹操、刘备。⑧“生子”句：引用《三国志·吴主传》注：曹操尝与吴主孙权对垒，“见舟船、器仗、军伍整肃，喟然叹曰：‘生子当如孙仲谋，刘景升（即刘表，字景升）儿子若豚犬耳。’”暗讽朝廷不如能与曹操、刘备抗衡的东吴，皇帝也不如孙权。

【声律】

1. 双调，五十六字，上下阕各五句。

2. 押平声韵，上阕押“州、楼、悠、流”四平韵，下阕押“鍪、休、刘、谋”四平韵。

3.《钦定词谱》卷一以北宋欧阳修词（翠密红繁）为双调正体。

44 念奴娇

【词牌由来】

念奴娇，词牌名。念奴，唐天宝长安妓女，以善歌著名。据五代王仁裕《开元天宝遗事·眼色媚人》云：“念奴者，有姿色，善歌唱，未尝一日离帝左右。每执板当席，顾眄左右。帝谓妃子曰：‘此女妖丽，眼色媚人。’每啭声歌喉，则声出于朝霞之上，虽钟鼓笙竽嘈杂，而莫能遏。宫妓中，帝之钟爱者。”《念奴娇》之名盖本于此。

北宋苏轼《赤壁怀古》词有“大江东去”“一尊还酹江月”句，故《念奴娇》又名《大江东去》《酹江月》《赤壁》《酹月》；南宋曾觌词又名《壶中天慢》；南宋戴复古词有“大江西上，郁孤台八境，人间图画”句，又名《大江西上曲》；南宋姚述尧词有“蕤宾奏律，正太平无事，欢娱时节”句，又名《太平欢》；南宋韩淲《百字令》词有“且把春酒寻梅，年年眉寿，坐对南枝发”句，又名《寿南枝》《古梅曲》；南宋姜夔词名《湘月》，自注“即《念奴娇》之鬲指①声也”，又名《湘月》；南宋张辑词有“旧游休问，柳花淮甸春冷”句，又名《淮甸春》；南宋米友仁词名《白雪词》，自注“世所谓《念奴娇》也”；元张翥词名《百字令》《百字谣》。

该调有仄韵格和平韵格两类，以仄韵格为常见格式。音调高亢，适于抒发豪情壮志。

注：①鬲（lì）指：即由此调转入另一调。

【例词·词谱】

赤壁[1]怀古

大江东去，	(仄)平(平)仄
浪淘尽、千古风流人物。	仄(平)仄、(平)仄平平(平)仄
故垒[2]西边，	(仄)仄(平)平
人道是、三国周郎赤壁。	平仄仄、(平)仄(平)平(仄)仄
乱石穿空，	(仄)仄平平
惊涛拍岸，	(平)平(仄)仄
卷起千堆雪。	(仄)仄平平仄
江山如画，	(平)平(平)仄
一时多少豪杰。	(仄)平(平)仄平仄
遥想公瑾[3]当年，	平仄平仄平平
小乔初嫁[4]了，	(仄)平(平)仄仄
雄姿英发。	平平(平)仄
羽扇纶巾[5]，	(仄)仄(平)平
谈笑间、樯橹灰飞烟灭[6]。	平仄平、(平)仄平平(平)仄
故国神游[7]，	仄仄平平
多情应笑我[8]，	平平(平)仄仄
早生华发[9]。	(仄)平(平)仄
人生如梦，	(平)平(平)仄
一尊还酹江月[10]。	(仄)平(平)仄平仄

〔北宋〕苏轼《东坡乐府笺》

〖注释〗

①赤壁：三国时吴将周瑜击破曹操大军之地，在今湖北赤壁。苏轼所游的赤壁在今湖北黄冈城外的赤鼻矶，并非三国大战的赤壁原址。②故垒（lěi）：旧时的营垒。③公瑾（jǐn）：周瑜，字公瑾。④小乔初嫁：小乔是周瑜的妻子。周瑜二十四五岁时娶小乔，赤壁之战时周瑜已三十四岁，这里是为了突出周瑜年轻有为的气概及英雄美人的佳话。⑤羽扇纶（guān）巾：手摇羽扇，头戴纶巾。这是当时儒将的装束。羽扇，羽毛扇。纶巾，青丝头巾。⑥樯橹（qiánglǔ）灰飞烟灭：指周瑜率军在赤壁之战中火烧曹军战船。樯，船的桅杆。橹，比桨长大的划船工具。樯橹，这里代指船。⑦故国神游：在古战场浮想联翩。故国，指赤壁古战场。神游，心神漫游。⑧多情应笑我：即"应笑我多情"。一定会笑我多情善感。这是苏轼自嘲的话。⑨华发：花白头发。⑩一尊还酹（lèi）江月：洒一杯酒，祭奠江中的月亮。酹，以酒浇地，表示祭奠。

【声律】

1. 双调，一百字，上阕九句，下阕十句。

2. 押仄声韵，上阕押"物、壁、雪、杰"四仄韵，下阕押"发、灭、发、月"四仄韵。

3.《钦定词谱》卷二十八以北宋苏轼词（凭空远眺）为正体。

45 琵琶仙

【词牌由来】

琵琶仙，词牌名。南宋姜夔自度曲[①]。

琵琶，弹拨乐器。原流行于波斯、阿拉伯等地，汉代传入中国。后经改造，成圆体修颈，四弦，十二柱，俗称“秦汉子”。另说，秦末百姓苦长城之役，弦鼗[②]而鼓之，琵琶即始于此。南北朝时又有曲项琵琶传入中国，四弦，腹呈半梨形，颈上有四柱，横抱怀中，用拨子弹奏，即现今琵琶的前身。唐宋以来经不断改进，柱位逐渐增多，改横抱为竖抱，废拨子，改用手指弹奏。

注：①自度曲：通晓音律的词人自撰歌词，自己谱曲。 ②弦鼗（táo）：乐器名，即三弦。

【例词·词谱】

《吴都赋》[①]云：“户藏烟浦，家具画船。”唯吴兴为然。春游之盛，西湖未能过也。己酉岁，予与萧时父载酒南郭，感遇成歌。

双桨来时，	㊥仄平平
有人似、旧曲[②]桃根桃叶[③]。	(仄)㊥仄、(仄)仄㊥平平仄
歌扇轻约飞花，	㊥仄㊥仄平平
蛾眉正奇绝。	平平仄平仄

春渐远、汀洲自绿，	㊣㊀仄、㊣平㊀仄
更添了、几声啼鴂[4]。	㊀㊣仄、㊀平㊣仄
十里扬州，	㊀仄平平
三生杜牧[5]，	㊣平㊀仄
前事休说。	㊣仄平仄
又还是、宫烛分烟，	仄㊣仄、㊣仄平平
奈愁里、匆匆换时节。	仄㊣仄、平平仄平仄
都把一襟芳思，	㊣仄㊀平㊣仄
与空阶榆荚[6]。	仄㊣平㊣仄
千万缕、藏鸦细柳[7]，	㊣㊀仄、㊣平㊀仄
为玉尊、起舞回雪[8]。	仄㊀平、仄㊀平仄
想见西出阳关，	㊀仄㊣仄平平
故人初别[9]。	㊀平平仄

〔南宋〕姜夔

〖注释〗

①西晋文学家左思构思十年，作《三都赋》（《魏都赋》《吴都赋》《蜀都赋》）。起初不为时人所重，及皇甫谧为作序，张载、刘逵为作注，张华见之叹为“班、张之流也”，于是豪富之家争相传写，洛阳纸价因之昂贵。②旧曲：指歌妓聚居之所。③桃根桃叶：东晋王献之有妾名桃叶，其妹名桃根。④啼鴂（jué）：伯劳鸟的叫声。⑤三生杜牧：化用宋黄庭坚诗“春风十里珠帘卷，仿佛三生杜牧之”句。⑥榆荚（jiá）：榆树的果实。初春时先于叶而生，连缀成串，形似铜钱，俗称榆钱。⑦藏鸦细柳：化用唐韩翃《送客还

江东》诗“池畔花深斗鸭栏，桥边雨洗藏鸦柳”句。⑧起舞回雪：形容柳絮如雪般飞舞回旋。⑨“想见”二句：化用唐王维《送元二使安西》诗“西出阳关无故人”句。阳关，古关名。在今甘肃敦煌西南，因位于玉门关以南，故称。

【声律】

1. 双调，一百字，上阕九句，下阕八句。

2. 押仄声韵，上阕押“叶、绝、鴂、说”四仄韵，下阕押“节、荚、雪、别”四仄韵。

3.《钦定词谱》卷二十八以此词为正体。

46 破阵子

【词牌由来】

破阵子，词牌名。唐教坊曲名，本为大曲《破阵乐》中的一遍，后用为词牌。

破阵，即击破敌阵。唐太宗李世民为秦王时，大败割据河东的隋末军阀刘武周，军中作《秦王破阵乐》。陈旸《乐书》云：“唐《破阵乐》属龟兹部。秦王所制，舞用二千人，皆画衣甲，执旗旆。外藩镇春衣犒军设乐，亦舞此曲，兼马军引入场，尤壮观也。”

又名《十拍子》。

【例词·词谱】

为陈同甫①赋壮词以寄之

醉里挑灯②看剑，	(仄)仄(平)平(仄)仄
梦回吹角连营③。	(仄)平(平)仄平平
八百里分麾下炙④，	(仄)仄仄平平仄仄
五十弦翻塞外声⑤，	(仄)仄平平(仄)仄平
沙场⑥秋点兵。	(平)平(平)仄平
马作的卢⑦飞快，	(仄)仄(仄)平(平)仄

弓如霹雳弦惊[8]。	㊤平仄仄平平
了却君王天下事[9]，	仄仄㊤平平仄仄
赢得生前身后名，	㊤仄平平㊤仄平
可怜白发生！	仄平仄仄平

〔南宋〕辛弃疾

【注释】

①陈同甫：即陈亮，南宋思想家、文学家。②挑灯：挑拨灯芯，点灯。③“梦回”句：梦中听到各个军营接连吹响号角。④“八百里”句：军营里在分食着烤牛肉。八百里，《世说新语·汰侈》载，晋王恺（kǎi）有牛名八百里驳，王济指牛作赌注，与王恺比射，王济获胜，杀牛作炙。麾（huī）下，部下、军队。麾，古代军队指挥用的旗帜。炙（zhì），烤肉。⑤“五十弦”句：琴瑟中弹奏着塞外的曲调。五十弦，这里指军中乐器。翻，演奏。⑥沙场：战场。⑦的（dí）卢：一作“的颅”，意为额头有白色斑点的马。相传刘备在荆州遇到危险，因所乘的卢马“一跃三丈”而脱险。⑧“弓如”句：（士兵）拉弓射箭，弦声如同惊雷一般。霹雳，本指雷声，这里比喻射箭时弓弦发出的响声。⑨天下事：指收复中原、统一天下的大业。

【声律】

1. 双调，六十二字，上下阕各五句。

2. 押平声韵，上阕押“营、声、兵”三平韵，下阕押“惊、名、生”三平韵。

3.《钦定词谱》卷十四以北宋晏殊词（海上蟠桃易熟）为正体。

47 菩萨蛮

【词牌由来】

菩萨蛮，词牌名。唐教坊曲名，后用为词牌。此调前人多以为创于唐宣宗时。唐苏鹗《杜阳杂编》："大中初，（南诏）女蛮国入贡，危髻金冠，璎珞被体，故谓之'菩萨蛮'。当时倡优遂制'菩萨蛮曲'。文士亦往往声其词。"五代孙光宪《北梦琐言》云："宣宗爱唱菩萨蛮词，令狐相国①假温飞卿新撰密进之，戒以勿泄，而遽言于人，由是疏之。"温亦有言曰："中书堂内坐将军。"讥相国无学也。南宋王灼《碧鸡漫志》云："今《花间词集》温词十四首是也。"明胡震亨《唐音癸签》载，考南蛮骠国尝贡其国乐，其乐人冠金冠，左右珥珰，条贯花鬘，珥双簪，散以毳，如女饰，而其国亦在女王蛮西南，故当时或以为女蛮。且其曲多佛曲，具在后简夷乐部。则其称为菩萨蛮。以上说法似不可信。因为据唐崔令钦《教坊记》载，开元年间已经有《菩萨蛮》曲名。今人杨宪益在《零墨新笺》提出"菩萨蛮"为"骠苴蛮"之异译，其调乃缅甸古乐，于开元、天宝年间传入中国。

唐温庭筠《菩萨蛮》词有"小山重叠金明灭，鬓云欲度香腮雪"句，又称《重叠金》；南唐李煜《菩萨蛮》（人生愁恨何能免）一名《子夜歌》；南宋韩淲词有"小园红入春无际，新声休写花间意"句，又称《花间意》；又有"风前觅得梅花句，香来自是相分付"句，又称《梅花句》；又有"丝丝柳色青愁织，山城望断花溪碧”句，又称《花溪碧》；又有“晚云烘日枝南北，一杯未尽梅花曲”句，又称《晚云烘日》。

注：①令狐相国：即令狐绹。唐宣宗时宰相。

【例词·词谱】

平林①漠漠②烟如织，	(平)平(仄)仄平平仄
寒山一带伤心碧③。	(平)平(仄)仄平平仄
暝色④入高楼，	(平)仄仄平平
有人楼上愁。	(仄)平(平)仄平
玉阶空伫立，	(仄)平平仄仄
宿鸟⑤归飞急。	(仄)仄平平仄
何处是归程？	(平)仄仄平平
长亭连短亭。	(平)平平仄平

〔唐〕李白《**全唐五代词**》

〖注释〗

①平林：平原上的树林。②漠漠：烟雾迷蒙的样子。③伤心碧：极言寒山之青。伤心，犹言万分。④暝（míng）色：暮色。⑤宿鸟：归巢的鸟。

【声律】

1. 双调，四十四字，上下阕各四句。

2. 押仄声韵换平声韵。上阕押“织、碧”二仄韵，换“楼、愁”二平韵；下阕押“立、急”二仄韵，换“程、亭”二平韵。

3.《钦定词谱》卷五以此词为正体。

48 齐天乐

【词牌由来】

齐天乐，词牌名。齐天，谓高与天等，多用以比寿。据《宋史·乐志》载，《齐天乐》本宋教坊曲名。南宋周密《武林旧事》卷一“圣节”载，天基圣节排当乐次（正月五日）乐奏夹钟宫，觱篥[1]起，《万寿永无疆》引子……上寿第一盏，觱篥起，《圣寿齐天乐慢》。天基节为宋理宗寿辰，当日有一系列祝寿仪式。《齐天乐慢》即是宫廷寿筵用乐之一。

北宋民间用此调，始见周邦彦，其词有“绿芜凋尽台城路，殊乡又逢秋晚”句，又称《台城路》；南宋沈端节词名《五福降中天》；南宋张辑词有“如此江山，更苍烟白露”句，又称《如此江山》。

注：①觱篥（bìlì）：古簧管乐器。本名悲篥，出于边地，其声悲，边人吹之，以惊中国马（宋庄季裕《鸡肋编》）。由西域传入内地，为隋唐燕乐及唐宋教坊乐的重要乐器。

【例词·词谱】

丙辰岁[1]，与张功父[2]会饮张达可之堂，闻屋壁间蟋蟀有声，功父约予同赋，以授歌者。功父先成，辞甚美。予裴回[3]末利花[4]间，仰见秋月，顿起幽思，寻亦得此。蟋蟀，中都[5]呼为促织，善斗。好事者或以三二十万钱致一枚，镂象齿为楼观以贮之。

蟋　蟀

庾郎[6]先自吟愁赋，	(仄)平(平)仄平平仄
凄凄更闻私语。	(平)平仄平(平)仄
露湿铜铺[7]，	(仄)仄平平
苔侵石井，	(平)平(仄)仄
都是曾听伊处。	(平)仄(平)平(平)仄
哀音似诉，	(平)平(仄)仄
正思妇无眠，	仄(平)仄平平
起寻机杼[8]。	(仄)平(平)仄
曲曲屏山[9]，	(仄)仄平平
夜凉独自甚情绪？	(仄)平(仄)仄仄平仄
西窗又吹暗雨，	(平)平仄平(仄)仄
为谁频断续，	(仄)平平仄仄
相和砧杵[10]？	(平)仄平仄
候馆[11]迎秋，	仄仄平平
离宫[12]吊月，	平平(仄)仄
别有伤心无数。	仄仄平平(平)仄
豳诗漫与[13]，	平平仄仄

笑篱落呼灯[14]，	仄㊥仄平平
世间儿女。	㊀平㊥仄
写入琴丝[15]，	仄仄平平
一声声更苦。	仄平平仄仄

〔南宋〕姜夔

〖注释〗

①丙辰岁：宋宁宗庆元二年（1196）。②张功父：即张镃，字功父，南宋文学家。③裴回：即徘徊。④末利花：即茉莉花。⑤中都：都中，指南宋都城临安（今浙江杭州）。⑥庾郎：北朝文学家庾信。他创作过一些格调哀怨凄怆的赋文。⑦铜铺：铜制铺首。即门上衔门环的兽面。⑧机杼（zhù）：指织机。杼，织梭。⑨屏山：有山图案的屏风。⑩"为谁"二句：是说蟋蟀的鸣叫跟捣衣的声音为什么这样不断地唱和呢？⑪候馆：驿站。⑫离宫：行宫。皇帝出巡时居住的地方。⑬豳（bīn）诗漫与：写成诗篇。《诗经·豳风·七月》："七月在野，八月在宇，九月在户，十月蟋蟀入我床下。"漫与，随意而作。⑭篱落呼灯：孩子们在夜里点灯到篱笆下去捉蟋蟀。⑮写入琴丝：姜夔自注："宣政间，有士大夫制《蟋蟀吟》。"

【声律】

1. 双调，一百零二字，上阕十句，下阕十一句。

2. 押仄声韵，上阕押"赋、语、处、诉、杼、绪"六仄韵，下阕押"雨、杵、数、与、女、苦"六仄韵。

3.《钦定词谱》卷三十一以北宋周邦彦词（绿芜凋尽台城路）为正体。

49 千秋岁

【词牌由来】

千秋岁，词牌名。又名《千秋节》。千秋，旧时称人寿辰的敬辞。唐代设千秋节以庆玄宗诞辰。《唐会要》卷二九“节日”：“开元十七年八月五日，左丞相源乾曜、右丞相张说等上表，请以是日为千秋节，著之甲令[1]，布于天下，咸令休假。”《旧唐书》卷八亦载此事：“八月癸亥，上以降诞日，宴百僚于花萼楼[2]下”，“天下诸州咸令宴乐，休假三日”。唐教坊为此创作一部大曲，名《千秋乐》（见《教坊记》）。宋词系据旧曲，另辟新声。

注：①甲令：即第一道法令，朝廷颁发的重要的法令。②花萼楼：唐玄宗于兴庆宫西南建花萼相辉之楼，简称花萼楼。

【例词·词谱】

水边沙外，	(仄)平(平)仄
城郭春寒退。	(平)仄平平仄
花影乱，	(平)仄仄
莺声碎。	平平仄
飘零疏酒盏，	(平)平平仄仄
离别宽衣带[1]。	(平)仄平平仄

人不见，	平(仄)仄
碧云暮合空相对[2]。	(仄)平(仄)仄平平仄
忆昔西池会[3]，	(仄)仄平平仄
鹓鹭同飞盖[4]。	(平)仄平平仄
携手处，	(平)(仄)仄
今谁在？	平平仄
日边清梦[5]断，	(仄)平平仄仄
镜里朱颜改。	仄仄平平仄
春去也，	平(仄)仄
飞红万点愁如海。	平平仄仄平平仄

〔北宋〕秦观

〖注释〗

①“离别”句：意思是离群索居，腰围瘦损，衣带宽松。汉《古诗十九首·行行重行行》：“相去日已远，衣带日已缓。” ②“碧云”句：化用南朝江淹《休上人怨别》诗“日暮碧云合，佳人殊未来”句。意思是说所期待之人，迟迟不来。 ③“忆昔”句：秦观《淮海集》卷九《西城宴集》诗注云：“元祐七年（1092）三月上巳，诏赐馆阁花酒，以中浣日游金明池、琼林苑，又会于国夫人园。会者二十有六人。”这次盛大的宴会令秦观印象深刻。西池，即金明池，在汴京城西。 ④“鹓（yuān）鹭”句：意思是赴宴的人乘着车，排着长队，向西池驶去。鹓鹭，形容队伍整齐有序，像天空中排列成行的鹓鸟和白鹭。飞盖，形容车驾飞驰。 ⑤日边清梦：指

秦观梦想从贬谪地回到京城。语本唐李白《行路难》（其一）诗“闲来垂钓碧溪上，忽复乘舟梦日边”。王琦注云：“伊挚将应汤命，梦乘船过日月之旁。”

【声律】

1. 双调，七十一字，上下阕各八句。

2. 押仄声韵，上阕押“外、退、碎、带、对”五仄韵，下阕押“会、盖、在、改、海”五仄韵。

3.《钦定词谱》卷十六以此词（首句作“柳边沙外”，与《全宋词》字句有出入）为正体。

50 沁园春

【词牌由来】

沁园春，词牌名。沁园，园林名，本为东汉明帝的女儿沁水公主所有，建初二年，被权臣窦宪仗外戚势力夺走。《后汉书·窦宪传》载，宪“女弟立为皇后”，“宪恃宫掖声势，遂以贱直请夺沁水公主园田，主逼畏，不敢计”。后人作诗以咏其事，此调因此得名。

南宋张辑词结句有“人间世，听江湖诗友，号我东仙”，又称《东仙》；南宋李刘词又称《寿星明》；北宋秦观减字词名《洞庭春色》。

【例词·词谱】

赴密州早行马上寄子由[①]

孤馆灯青，	(平)(仄)(平)平
野店鸡号[②]，	(仄)(仄)(平)平
旅枕梦残。	(仄)(仄)(仄)平
渐月华收练，	仄(仄)平(平)仄
晨霜耿耿；	(平)平(仄)仄
云山摛锦[③]，	(平)平(平)仄

朝露漙漙[4]。	(平)仄平平
世路无穷，	(仄)仄(平)平
劳生有限[5]，	(平)平(仄)仄
似此区区长鲜欢。	(仄)仄(平)平(平)仄平
微吟罢，	(平)(平)仄
凭征鞍无语，	平(平)平(平)仄
往事千端。	(仄)仄平平
当时共客长安，	(平)平(仄)仄平平
似二陆[6]初来俱少年。	(仄)(仄)仄(平)平(平)仄平
有笔头千字，	仄(仄)平(平)仄
胸中万卷；	(平)平(仄)仄
致君尧舜[7]，	(仄)平(平)仄
此事何难。	(仄)仄平平
用舍由时，	(仄)仄(平)平
行藏在我[8]，	(平)平(仄)仄
袖手何妨闲处看。	(仄)仄(平)平(平)仄平
身长健，	(平)(平)仄
但优游卒岁[9]，	仄(平)平(仄)仄
且斗尊前[10]。	(仄)仄平平

〔北宋〕苏轼

〖注释〗

①子由：苏轼的弟弟苏辙，字子由。②野店鸡号：化用唐温庭筠《商山早行》诗“鸡声茅店月，人迹板桥霜”句。③摛（chī）锦：铺陈锦绣。④漙漙（tuán）：露水多的样子。

⑤“世路”二句：化用唐杜甫《漫兴》诗“莫思身外无穷事，且尽生前有限杯”句。⑥二陆：指西晋文学家陆机、陆云兄弟。⑦致君尧舜：化用唐杜甫《奉赠韦左丞丈二十二韵》诗“致君尧舜上，再使风俗淳”句。⑧“用舍（shě）”二句：化用《论语·述而》“用之则行，舍之则藏。惟我与尔有是夫！”句。⑨优游卒岁：化用《孔子家语》“优哉游哉，聊以卒岁”句。优游，悠闲自得。卒岁，度过岁月。⑩且斗（dòu）尊前：化用唐牛僧儒诗“休论世上升沉事，且斗樽前见在身”句。斗，喜乐。尊前，在酒樽之前，指酒筵上。

【声律】

1. 双调，一百十四字，上阕十三句，下阕十二句。

2. 押平声韵，上阕押“残、溥、欢、端”四平韵，下阕押“安、年、难、看、前”五平韵。

3.《钦定词谱》卷三十六以此词为正体。

51 清平乐

【词牌由来】

清平乐，词牌名。唐教坊曲名，后用为词牌。

南宋王灼《碧鸡漫志》引《松窗录》云：“开元中，禁中初种木芍药，得四本，红、紫、浅红、通白繁开，上乘照夜白①，太真妃②以步辇③从。李龟年④手捧檀板⑤，押众乐前，将欲歌之。上曰：‘焉用旧词为？’命龟年宣翰林学士李白，立进清平调词三章。白承诏赋词，龟年以进，上命梨园弟子约格调，抚丝竹，促龟年歌。太真妃笑领歌意甚厚。”王灼认为唐明皇宣李白进清平调词，乃是令李白从清平调中制词。古乐取声律高下合为三，曰清调、平调、侧调。明皇止令就择上两调，偶不乐侧调故也。五代欧阳炯《花间集序》也有记载：“在明皇朝，则有李太白应制《清平乐》四首。”据此，后世一般认为李白始作此调。

南宋张辑词有“忆著故山萝月，今宵应为谁明”句，又称《忆萝月》；元张翥词有“明朝来醉东风”句，又称《醉东风》。

注：①照夜白：一种高大雪白的西域骏马。②太真妃：即杨贵妃，名玉环，号太真。③步辇：古代一种用人抬的代步工具，类似轿子。④李龟年：唐代宫廷乐师，善歌。玄宗时在梨园供职。安史之乱后，流落江南。杜甫有《江南赠李龟年》诗。⑤檀板：乐器名。檀木制的拍板。

【例词·词谱】

村居

茅檐低小，	(平)平(平)仄
溪上青青草。	(平)仄平平仄
醉里吴音相媚好，	(仄)仄(平)平平仄仄
白发谁家翁媪①？	(仄)仄(平)平(平)仄
大儿锄豆②溪东，	(仄)平(平)仄平平
中儿正织鸡笼。	(平)平(仄)仄平平
最喜小儿无赖③，	(仄)仄(仄)平(平)仄
溪头卧剥莲蓬。	(平)平(仄)仄平平

〔南宋〕辛弃疾《宋词选》

〖注释〗

①“醉里”二句：不知道是谁家的老爷爷、老奶奶喝醉了，讲着柔媚的南方话，谈笑取乐。吴音，吴地口音，泛指南方话。辛弃疾居住的信州（今江西上饶）地区，古属吴国。媪（ǎo），老年妇女。②锄豆：锄掉豆田里的杂草。③无赖：调皮，任性。含亲昵意。

【声律】

1. 双调，四十六字，上下阕各四句。

2. 押仄声韵换平声韵，上阕押“小、草、好、媪”四仄韵，下阕押“东、笼、蓬”三平韵。

3.《钦定词谱》卷五以唐李白词（禁闱清夜）为正体。

52 青玉案

【词牌由来】

青玉案①，词牌名。调名取于东汉张衡《四愁诗》“美人赠我锦绣段，何以报之青玉案”句。

南宋韩淲词有“苏公堤上西湖路，柳外跃、青骢去”句，又称《西湖路》。此调全收仄声韵脚，“适宜表达低徊掩抑、哽咽幽怨的感情”（龙榆生语）。

注：①案：指有足的盘类食器。《急就篇》颜师古注曰：“无足曰盘，有足曰案，所以陈举食也。”青玉案，指青玉所制的短脚盘子，是一种名贵的食器。

【例词·词谱】

元　夕①

东风夜放花千树②，	(平)平(仄)仄平平仄
更吹落、星③如雨。	仄(平)仄、平平仄
宝马雕车香满路。	(仄)仄(平)平平仄仄
凤箫④声动，	(仄)平(平)仄
玉壶⑤光转，	(仄)平(平)仄
一夜鱼龙舞⑥。	(仄)仄平平仄

蛾儿雪柳黄金缕⑦，	㊥平㊀仄平平仄
笑语盈盈暗香⑧去。	㊀仄平平仄平仄
众里寻他千百度。	㊀仄㊥平平仄仄
蓦然回首，	㊀平㊥仄
那人却在，	㊀平㊀仄
灯火阑珊⑨处。	㊥仄平平仄

〔南宋〕辛弃疾

〖注释〗

①元夕：旧称农历正月十五日为上元节，是夜称元夕，与“元夜”“元宵”同。②花千树：树上扎满彩灯，极言灯火之盛。一说为燃放的焰火。③星：比喻灯或焰火。④凤箫：即排箫。因形状似凤翼，故名。⑤玉壶：华灯的一种。据周密《武林旧事·元夕》载：“福州所进，纯用白玉，晃耀夺目，如清冰玉壶，爽彻心目。”一说喻指明月。⑥鱼龙舞：指舞龙灯、鱼灯一类的娱乐活动。⑦蛾儿雪柳黄金缕：指女子头饰。《武林旧事·元夕》载：南宋临安“元夕节物，妇人皆戴珠翠、闹蛾、玉梅、雪柳”。蛾儿，剪丝绸或乌金纸为花或草虫之形。雪柳黄金缕，即捻金雪柳，加上金线捻丝做成的绢或纸花。⑧暗香：这里喻指美人。⑨阑珊：零落，稀疏。

【声律】

1.双调，六十七字，上下阕各六句。

2.押仄声韵，上阕押“树、雨、路、舞”四仄韵，下阕押“缕、去、度、处”四仄韵。

3.《钦定词谱》卷十五以北宋贺铸词（凌波不过横塘路）为正体。

53 鹊桥仙

【词牌由来】

鹊桥仙，词牌名。民间传说，天上的织女在每年农历七月初七之夕渡银河，会牛郎，喜鹊会在那一天搭成桥助二人相会。此调原多咏牛郎、织女七夕相会事。调名始自北宋欧阳修词“鹊迎桥路接天津，映夹岸、星榆点缀”句。

北宋周邦彦词名《鹊桥仙令》；南宋韩淲词取秦观词“金风玉露一相逢，便胜却、人间无数”句，又称《金风玉露相逢曲》；南宋张辑词有“天风吹送广寒秋，正画舸、湖光佳处”句，又称《广寒秋》。

【例词·词谱】

纤云弄巧[1]，	(平)平(仄)仄
飞星传恨[2]，	(平)平(平)仄
银汉[3]迢迢暗度。	(平)仄(平)平(仄)仄
金风玉露一相逢[4]，	(平)平(仄)仄仄平平
便胜却、人间无数。	(仄)(仄)仄、(平)平(平)仄
柔情似水，	(平)平(仄)仄
佳期如梦[5]，	(平)平(平)仄

忍顾鹊桥归路[⑥]。	(仄)仄(仄)平(平)仄
两情若是久长时，	(仄)平(仄)仄仄平平
又岂在、朝朝暮暮。	(仄)(仄)仄、(平)平(仄)仄

〔北宋〕秦观

〖注释〗

①纤云弄巧：轻薄的云彩变幻出巧妙的花样。②飞星传恨：指流星在牛郎织女间传递着彼此的离情别绪。③银汉：银河。④“金风”句：指七夕相会。金风，指秋风。古人以五行与四季相配，秋属金，故名。玉露，白露。⑤“柔情”二句：写相会时的美妙与短暂。⑥“忍顾”句：怎么忍心回顾那条从鹊桥回去的路呢？

【声律】

1. 双调，五十六字，上下阕各五句。

2. 押仄声韵，上阕押“度、数”二仄韵，下阕押“路、暮”二仄韵。

3.《钦定词谱》卷十二以北宋欧阳修词（月波清霁）为正体。

54 人月圆

【词牌由来】

人月圆，词牌名。北宋王诜始创，因其词有“年年此夜，华灯盛照，人月圆时”句，故名。金吴激词有“江州司马，青衫泪湿，同是天涯”句，又称《青衫湿》。

【例词·词谱】

元夜

小桃枝上春来早，	㊀平㊥仄平平仄
初试薄罗衣。	㊥仄仄平平
年年此夜，	㊥平㊀仄
华灯盛照，	平平㊀仄
人月圆时。	㊥仄平平
禁街[1]箫鼓，	㊀平㊥仄
寒轻夜永，	㊥平㊀仄
纤手同携。	㊥仄平平
更阑人静。	㊥平㊥仄
千门笑语，	平平㊀仄
声在帘帏。	㊥仄平平

〔北宋〕王诜

〖注释〗

①禁街：京城的街道。

【声律】

1. 双调，四十八字，上阕五句，下阕六句。

2. 押平声韵，上阕押“衣、时”二平韵，下阕押“携、帏”二平韵。

3.《钦定词谱》卷七以此词为正体。

55 如梦令

【词牌由来】

如梦令，词牌名。南宋胡仔《苕溪渔隐丛话》引东坡云：“《如梦令》曲名，本唐庄宗（李存勖）制，一名《忆仙姿》，嫌其不雅，改云《如梦》。”北宋苏轼因唐庄宗词有“如梦，如梦，和泪出门相送”句，“如梦”叠句，遂改为《如梦令》。

北宋周邦彦因唐庄宗《忆仙姿》词首句为“曾宴桃源深洞”，改名为《宴桃源》；宋沈会宗词有“不见，不见”叠句，又称《不见》；南宋张辑词有“孱惙，孱惙，比著梅花谁瘦”句，又称《比梅》。有单调、双调两体。

【例词 · 词谱】

例词	词谱
昨夜雨疏风骤，	(仄)仄(仄)平(平)仄
浓睡不消残酒。	(平)仄(仄)平(平)仄
试问卷帘人①，	(仄)仄仄平平
却道海棠依旧。	(仄)仄(仄)平(平)仄
知否？	(平)仄
知否？	(平)仄
应是绿肥红瘦②。	(平)仄(仄)平(平)仄

〔南宋〕李清照

【注释】

①卷帘人：指侍女。②“知否”三句：女主人纠正侍女的话说：“你知道吗？海棠不是‘依旧’，该是叶茂花残的景象了。”

【声律】

1. 单调，三十三字，七句。

2. 押仄声韵，押韵的字为“骤、酒、旧、否、否（叠）瘦”，五仄韵一叠韵。

3.《钦定词谱》卷二以五代李存勖词（曾宴桃源深洞）为正体。

56 阮郎归

【词牌由来】

阮郎归，词牌名。始见南唐李煜词。

宋《太平广记》卷六十一引《神仙记》云：刘晨、阮肇入天台山采药，远不得返，遇二女子，邀至家，留半年，其地气候草木，常如春时；既归，乡邑零落，已十世矣。调名本此。唐教坊曲有《阮郎迷》，疑为其初名。

南宋丁持正词有"从兹归去白云乡，碧桃春昼长"句，又称《碧桃春》；北宋李祁词名《醉桃源》；南宋曹冠词名《宴桃源》；南宋韩淲词有"濯缨一曲可流行，何须观我生"句，又称《濯缨曲》。

【例词·词谱】

耒阳[1]道中为张处父[2]推官赋

山前风雨欲黄昏，	㊥平㊥仄仄平平
山头来去云。	㊥平㊥仄平
鹧鸪声里数家村，	㊀平㊥仄仄平平
潇湘逢故人[3]。	㊥平㊥仄平

挥羽扇，	㊥㊅仄
整纶巾，	仄平平
少年鞍马尘。	㊅平㊥仄平
如今憔悴赋《招魂》[4]。	㊥平㊥仄仄平平
儒冠多误身[5]。	㊥平㊥仄平

〔南宋〕辛弃疾

〖注释〗

①耒（lěi）阳：市名，今湖南衡阳。 ②张处父：未详。据词下片推测，可能是早年与辛弃疾在山东同时举兵抗金的战友。 ③“潇湘”句：化用南朝梁柳恽《江南曲》诗“洞庭有归客，潇湘逢故人”句。 ④《招魂》：《楚辞》篇名。汉王逸《题解》：“《招魂》者，宋玉之所作也。宋玉怜哀屈原厥命将落，作《招魂》，欲以复其精神，延其年寿。”⑤儒冠多误身：化用唐杜甫《奉赠韦左丞丈二十二韵》诗“纨袴不饿死，儒冠多误身”句。儒冠，儒生戴的帽子，这里借指儒生。

【声律】

1. 双调，四十七字，上阕四句，下阕五句。

2. 押平声韵，上阕押“昏、云、村、人”四平韵，下阕押“巾、尘、魂、身”四平韵。

3.《钦定词谱》卷六以南唐李煜词（东风吹水日衔山）为正体。

57 瑞鹤仙

【词牌由来】

瑞鹤仙，词牌名。瑞鹤，象征吉祥之鹤，也指仙鹤。

据《宋史·五行志》载："（徽宗）政和三年（1113）九月，大飨[①]明堂[②]，有鹤回翔堂上，明日，又翔于上清宫。是时，所在言瑞鹤，宰臣等表贺不可胜纪。"南宋王明清《玉照新志》云，宋周邦彦梦中作《瑞鹤仙》一阕。既觉，犹能全记，了不详其所谓也。南宋洪迈《夷坚志·西安紫姑》云："乾道中，吴兴周权知衢州西安县。一日，令术士沈延年邀紫姑神，赋《瑞鹤仙·牡丹》词，有'睹娇红细捻'句，因名《一捻红》。"

注：①飨（xiǎng）：以隆重的礼仪宴请宾客。 ②明堂：古代帝王宣明政教的地方。凡朝会、祭祀、庆赏、选士等大典，都在这里举行。

【例词·词谱】

风怀

杏烟娇湿鬓[①]，	㊀平平仄仄
过杜若汀洲，	仄㊀仄平平
楚衣[②]香润。	㊀平㊥仄

回头翠楼[3]近。	(平)平仄平仄
指鸳鸯沙[4]上，	仄(平)平(平)仄
暗藏春恨。	(仄)平(平)仄
归鞭隐隐，	(平)平(仄)仄
便不念、芳盟未稳[5]。	仄(仄)(仄)、(平)(平)(仄)仄
自箫声、吹落云东，	仄(平)平、(平)仄(平)平
再数故园花信[6]。	(仄)仄(仄)平平仄
谁问？	(平)仄
听歌窗罅[7]，	(仄)平(平)仄
倚月钩阑[8]，	(仄)仄平平
旧家[9]轻俊。	仄(平)平仄
芳心一寸，	(平)平(仄)仄
相思后，	(平)(平)仄
总灰尽[10]。	(仄)平仄
奈春风多事，	仄(平)平(平)仄
吹花摇柳，	(平)平(平)仄
也把幽情唤醒。	(仄)仄(平)平(仄)仄
对南溪、桃萼翻红，	仄(平)平、(平)仄(平)平
又成瘦损。	仄平仄仄

〔南宋〕史达祖

〖注释〗

①"杏烟"句：化用唐李贺《冯小怜》诗"裙垂竹叶带，鬓湿杏花烟"句，指衣饰华丽。②楚衣：古有楚人好细腰的传说。这里用楚衣指代窈窕美人。③翠楼：多指女性的居住处。 ④鸳鸯沙：鸳鸯常在水边沙地栖息，故称。⑤芳盟未稳：指男女间的盟誓还没安排妥当。⑥花信：指花期的信风，即风报花之消息。自小寒至谷雨八个节气，一百二十日，每五日一候，计二十四候，每一候应一种花信，称"二十四番花信"。如小寒—梅花、山茶、水仙；春分—海棠、梨花、木兰。⑦罅（xià）：裂缝。⑧钩阑：随着屋势曲折如钩的栏杆。⑨旧家：从前。⑩"芳心"三句：化用唐李商隐《无题》诗"春心莫共花争发，一寸相思一寸灰"句，指相思无望，终归幻灭。

【声律】

1. 双调，一百零二字，上阕十句，下阕十二句。

2. 押仄声韵，上阕押"鬓、润、近、恨、隐、稳、信"七仄韵，下阕押"问、俊、寸、尽、醒、损"六仄韵。

3.《钦定词谱》卷三十一以北宋周邦彦词（悄郊园带郭）为正体。

58 瑞鹧鸪

【词牌由来】

瑞鹧鸪，词牌名。南宋胡仔《苕溪渔隐丛话》云，唐初歌辞多五言诗或七言诗，今所存《瑞鹧鸪》是七言八句诗，犹依字易歌也。清《钦定词谱》按，《瑞鹧鸪》原本七言律诗，因唐人歌之，遂成词调。

五代冯延巳词名《舞春风》；北宋陈彭年词名《桃花落》；南宋尤袤词名《鹧鸪词》。

【例词 · 词谱】

众芳摇落独鲜妍①，	(仄)平(平)仄仄平平
占尽风情向小园。	(仄)仄平平仄仄平
疏影横斜②水清浅，	(平)仄(平)平仄平仄
暗香浮动月黄昏。	(仄)平(平)仄仄平平
寒禽欲下先偷眼③，	(平)平(仄)仄平平仄
粉蝶如知合断魂④。	(仄)仄平平仄仄平
幸有微吟可相狎，	(仄)仄(平)平仄平仄
不须檀板共金尊⑤。	(仄)平(平)仄仄平平

〔北宋〕林逋

〖注释〗

①鲜妍（yán）：这里指梅花鲜艳美好。②横斜：形容梅影错落有致。③“寒禽”句：冬天的鸟喜爱梅花，却不敢正视它，因为爱中有敬，衬出梅花特有的高洁。④“粉蝶”句：“如”“合”都表示推测语气，因为冬日无蝶。⑤“幸有”二句：幸好有梅花为友听我吟诵，哪还要俗人来伴唱饮酒。

【声律】

1. 双调，五十六字，上下阕各四句。

2. 押平声韵，上阕押“妍、园、昏”三平韵，下阕押“魂、尊”二平韵。

3.《钦定词谱》卷十二以五代冯延巳词（才罢严妆怨晓风）为正体。

59 少年游

【词牌由来】

少年游，词牌名。始见于北宋晏殊《珠玉词》，因其词有“绿鬓朱颜，道家装束，长似少年时”句，故名。南宋韩淲词有“明窗玉蜡梅枝好，人情淡、物华浓”句，又名《玉蜡梅枝》；元萨都剌词，又称《小阑干》。

【例词 · 词谱】

离多最是，	平平仄仄
东西流水①，	平平(平)仄
终解两相逢②。	(平)仄仄平平
浅情终似，	(仄)平(平)仄
行云无定，	平平(平)仄
到梦魂中③。	仄仄平平
可怜人意，	(仄)平(平)仄
薄于云水，	(仄)平(平)仄
佳会更难重④。	(平)仄仄平平
细想从来，	仄仄平平
断肠多处，	(仄)平(平)仄
不与者番同⑤。	仄仄(仄)平平

〔北宋〕晏几道

〖注释〗

①东西流水：以流水喻别离。语本传为卓文君被弃后所作的《白头吟》诗“蹀躞御沟上，沟水东西流”句。②“终解”句：水分东西，终会再汇合到一处。③“行云”二句：用楚王梦巫山神女“朝为行云”典故，意思是行云虽无定踪，还能入梦。④“可怜”三句：意思是流水、行云尚能“相逢”或“到梦中”，佳会却偏偏难重，可见人情之薄甚于云水。⑤“不与”句：不能与今番相比。者番，这番。

【声律】

1. 双调，五十二字，前后阕各六句。

2. 押平声韵，上阕押“逢、中”二平韵，下阕押“重、同”二平韵。

3.《钦定词谱》卷八以北宋晏殊词（芙蓉花发去年枝）为正体。

60 声声慢

【词牌由来】

声声慢，词牌名。始见于北宋晁补之词，名《胜胜慢》。清毛先舒《填词名解》卷三说：“词以慢名者，慢曲也。拖音袅娜，不欲辄尽。”

北宋贺铸词有“殷勤彩凤求凰”句，故名《凤求凰》；又有“寒松半欹涧底”句，名《寒松叹》；南宋吴文英词有“帘半卷，带黄花、人在小楼”句，又称《人在楼上》。此调有平韵、仄韵两体。

【例词·词谱】

寻寻觅觅，	平平(仄)仄
冷冷清清，	仄仄平平
凄凄惨惨戚戚[1]。	平平仄仄仄仄
乍暖还寒[2]时候，	仄仄平平(平)仄
最难将息[3]。	(仄)平(平)仄
三杯两盏淡酒，	平平仄仄仄仄
怎敌他、晚来风急。	仄仄平、仄平平仄
雁过也，	仄仄仄
正伤心，	仄平平

却是旧时相识。	仄仄仄平平仄
满地黄花④堆积，	仄仄平平(平)仄
憔悴损，	平仄仄
如今有谁堪摘⑤。	平平仄平平仄
守着窗儿，	仄仄平平
独自怎生得黑⑥？	仄仄仄平仄仄
梧桐更兼细雨，	平平仄平仄仄
到黄昏、点点滴滴。	仄平平、仄仄仄仄
这次第⑦，	仄仄仄
怎一个愁字了得！	仄仄仄平仄仄仄

〔南宋〕李清照《**李清照集校注**》

【注释】

①戚戚：愁苦的样子。 ②乍暖还寒：刚暖和点儿，一下子又变冷了。乍，刚，初。 ③将息：休养，安顿。 ④黄花：菊花。 ⑤有谁堪摘：有什么可摘的呢？堪，能够，可以。 ⑥怎生得黑：怎么才能熬到天黑啊？生，语气助词。⑦次第：光景，情形。

【声律】

1. 双调，九十七字，上阕十句，下阕九句。

2. 押仄声韵，上阕押“觅、戚、息、急、识”五仄韵，下阕押“积、摘、黑、滴、得”五仄韵。

3.《钦定词谱》卷二十七以南宋高观国词（壶天不夜）为仄韵正体。

61 生 查 子

【词牌由来】

生查子，词牌名。唐代教坊曲名，后用为词牌。存词以唐末韩偓所作为最早。

《生查子》的调名与古代“海客乘槎[1]”的传说有关。生查，即星槎，指往来于天河的木筏。西晋张华《博物志》载，近世有人居海上，每年八月见海槎来，不违时，积一年粮乘之，到天河，见妇人织，丈夫饮牛。此人问此是何处，答曰：“君还至蜀郡访严君平[2]则知之。”后至蜀，君平曰：“某年月日，有客星犯牵牛宿。”正是此人到天河时。

清《词苑丛谈·调名源起辨》认为“生查子”源于张骞乘槎事。南朝梁宗懔《荆楚岁时记》记载：汉张骞奉命出使西域等河源，乘槎经月，到一城市，见有一女在室内织布，又见一男子牵牛饮河，后带回织女送给他的支机石[3]。

南宋朱淑真[4]词有“遥想楚云深，人远天涯近”句，又称《楚云深》；南宋韩淲词有“山意入春晴，都是梅和柳”句，又称《梅和柳》；韩淲词又有“晴色入青山，更见飞花晚”句，还称《晴色入青山》。

注：①槎（chá）：同“查”，木筏。②严君平：西汉隐士，蜀（今四川成都）人。汉成帝时在成都以占卦为业，日得百钱即闭门讲授《老子》。一生不愿做官，为当时的文学家扬雄所敬重。③支机石：传说是天上的织女用以支撑织布机的石头。④《钦定词谱》此处作朱希真，据《全宋词》当为朱淑真。

【例词·词谱】

元　夕

去年元夜时，	ⓧ平㊥仄平
花市[1]灯如昼。	㊥仄平平仄
月上柳梢头，	ⓧ仄仄平平
人约黄昏后。	㊥仄平平仄
今年元夜时，	㊥平㊥仄平
月与灯依旧。	ⓧ仄平平仄
不见去年人，	ⓧ仄仄平平
泪湿春衫袖。	ⓧ仄平平仄

〔北宋〕欧阳修

〖注释〗

①花市：繁华的街市。

【声律】

1. 双调，四十字，上下阕各四句。

2. 押仄声韵，上阕押“昼、后”二仄韵，下阕押“旧、袖”二仄韵。

3.《钦定词谱》卷三以唐韩偓词（侍女动妆奁）为正体。

62　十六字令

【词牌由来】

十六字令，词牌名。因全阕有十六字得名。南宋蔡伸词名《苍梧谣》；南宋袁去华词名《归字谣》；元周玉晨词名《十六字令》。

【例词·词谱】

元　夕

天！	平
休教圆蟾[①]照客眠。	㊥仄平平㊀仄平
人何在？	平平仄
桂影[②]自婵娟[③]。	㊀仄仄平平

〔南宋〕蔡伸

〖注释〗

①圆蟾（chán）：月的别称。神话传说月中有蟾蜍，故称。蟾，俗称癞蛤蟆。②桂影：月光。传说月中有桂树，因以桂代指月亮。③婵娟（chánjuān）：形容月色明媚。

【声律】

1. 单调，十六字，四句。

2. 押平声韵，押韵的字为“天、眠、娟”。

3.《钦定词谱》卷一以南宋张孝祥词（归！猎猎薰风飐绣旗）为正体。

63 疏 影

【词牌由来】

疏影，词牌名。南宋姜夔自度曲。得名于北宋林逋“疏影横斜水清浅，暗香浮动月黄昏”句。姜夔《暗香》《疏影》序云：“辛亥①之冬，予载雪诣石湖②。止既月，授简索句，且征新声③。作此两曲，石湖把玩不已，使工妓隶习之，音节谐婉，乃名之曰《暗香》《疏影》。”南宋张炎《词源》云：“词之赋梅，惟姜白石《暗香》《疏影》二曲，前无古人，后无来者，自立新意，真为绝唱。”

南宋张炎以《疏影》调咏荷叶（碧圆自洁），又称《绿意》；南宋彭元逊词有“汀洲窈窕余醒寐，遗佩浮沉澧浦”句，又称《解佩环》。

注：①辛亥：这里指宋光宗绍熙二年（1191）。②石湖：即南宋诗人范成大。他晚年居住在苏州西南的石湖，自号石湖居士。③征新声：指征求新的词调。

【例词 · 词谱】

苔枝缀玉，	(平)平(仄)仄
有翠禽小小，	仄(仄)平(仄)仄
枝上同宿①。	(平)仄平仄

客里相逢，	(仄)仄平平
篱角黄昏，	(平)仄平平
无言自倚修竹②。	(平)平(仄)仄平仄
昭君不惯胡沙远③，	(平)平(仄)仄平平仄
但暗忆、江南江北。	(仄)(仄)仄、(平)平(平)仄
想佩环、月夜归来④，	仄(仄)平、(仄)仄平平
化作此花幽独。	(仄)仄(仄)平平仄
犹记深宫旧事，	(平)仄(平)平(仄)仄
那人正睡里，	(仄)平(仄)仄仄
飞近蛾绿⑤。	(平)仄平仄
莫似春风，	(仄)仄平平
不管盈盈，	(仄)仄平平
早与安排金屋⑥。	(仄)仄(平)平(平)仄
还教一片随波去，	(平)平(仄)仄平平仄
又却怨、玉龙哀曲⑦。	(仄)(仄)仄、(仄)平(平)仄
等恁时、重觅幽香，	仄(仄)平、(平)仄平平
已入小窗横幅⑧。	(仄)仄(仄)平平仄

〔南宋〕姜夔

〔注释〕

①“苔枝”三句：用赵师雄罗浮山遇仙女典故映衬梅花。“苔枝缀玉”描摹梅花仙女的风姿。“翠禽”指仙女的侍童，天亮后化为“翠禽”。“枝上同宿”指赵师雄的奇遇。②“无言”句：这句是将梅花比作高洁独立的美人。唐杜甫《佳人》诗：“天寒翠袖薄，日暮倚修竹。” ③“昭君”

句：是说西汉王昭君远嫁匈奴，住在沙漠地区，非心中所愿。④“想佩环”句：意思是王昭君客死匈奴，不能回故土，只有灵魂在月夜归来。唐杜甫《咏怀古迹》（其三）诗是题咏王昭君的，有“环佩空归月夜魂”句。佩环，多指女子的玉制饰品。⑤“犹记”三句：化用梅花妆典故。《太平御览·时序部》引《杂五行书》：“宋武帝女寿阳公主人日卧于含章殿檐下。梅花落公主额上，成五出花，拂之不去。皇后留之，看得几时。经三日，洗之乃落。宫女奇其异，竞效之。今梅花妆是也。”蛾绿，指眉。⑥金屋：这里表达对花的爱惜。传说汉武帝小时候对姑母说：“若得阿娇作妇，当作金屋贮之也。”⑦玉龙哀曲：指笛曲《梅花落（lào）》。玉龙，喻笛。⑧“已入”句：指梅影映在窗上。

【声律】

1. 双调，一百一十字，上下阕各十句。

2. 押仄声韵，上阕押“玉、宿、竹、北、独”五仄韵，下阕押“绿、屋、曲、幅”四仄韵。

3.《钦定词谱》卷三十五以此词为正体。

64 双双燕

【词牌由来】

《双双燕》，词牌名。南宋史达祖自度曲，见《梅溪集》。词咏雌雄并飞的两只燕子，即以为名。

【例词·词谱】

咏 燕

过春社[1]了，	仄平仄仄
度帘幕中间，	仄平仄平平
去年尘冷[2]。	仄平平仄
差池[3]欲住，	平平(仄)仄
试入旧巢相并。	(仄)仄仄平平仄
还相[4]雕梁藻井[5]。	(平)仄平平仄仄
又软语[6]、商量不定。	仄(仄)仄、平平(仄)仄
飘然快拂花梢，	平平仄仄平平
翠尾分开红影。	仄仄平平平仄
芳径。	平仄
芹泥[7]雨润。	平平仄仄

爱贴地争飞，	仄仄仄平平
竞夸轻俊。	仄平平仄
红楼[8]归晚，	㊉平平仄
看足柳昏花暝。	㊀仄仄平平仄
应自栖香正稳，	㊉仄平平仄仄
便忘了、天涯芳信[9]。	仄㊀仄、平平㊉仄
愁损翠黛双蛾，	平㊀仄仄平平
日日画阑独凭[10]。	仄仄㊀平㊀仄

〔南宋〕史达祖

【注释】

①春社：古代在春耕前（多在立春后第五个戊日）祭祀土神，以祈丰收。社，土地神。 ②去年尘冷：去年筑巢的地方落满灰尘，怪冷清的。 ③差（cī）池：幼燕羽毛参差不齐的样子。 ④相（xiàng）：细看。 ⑤藻井：我国传统建筑中天花板上的一种装饰处理。一般做成圆形、方形或多边形的凹面，上有各种花纹、雕刻和彩画。 ⑥软语：温柔地交谈，形容燕子的呢喃。 ⑦芹泥：燕子筑巢用的草泥。 ⑧红楼：泛指华美的楼房。 ⑨“应自”二句：燕子可能在巢中睡得正香，忘了给闺中人传达远方的来信。 ⑩凭：古又读去声。

【声律】

1. 双调，九十八字，上阕九句，下阕十句。

2. 押仄声韵，上阕押“冷、并、井、定、影”五仄韵，下阕押“径、润、俊、暝、稳、信、凭”七仄韵。

3.《钦定词谱》卷二十六以此词为正体。

65　霜天晓角

【词牌由来】

霜天[1]晓角[2]，词牌名。该词调始于北宋林逋。南宋张辑词有“最苦子规啼处，一片月、当窗白”句，又称《月当窗》；南宋程垓词有“记取江阴归路，须共踏、夜深月”句，又称《踏月》；南宋吴礼之词有“荡漾香魂何处，长桥月、断桥月”句，又名《长桥月》。此调有仄韵、平韵两体。

注：①霜天：指深秋的天空。 ②晓角：报晓的号角。

【例词·词谱】

赤　壁

雪堂迁客[1]，	(仄)平(平)仄
不得文章力[2]。	(仄)仄平平仄
赋写曹刘兴废，	(仄)仄(平)平(平)仄
千古事、泯[3]陈迹。	(平)(仄)仄、(仄)(平)仄
望中矶岸赤[4]，	(仄)平平仄仄
直下江涛白。	(仄)仄平平仄
半夜一声长啸，	(仄)仄(仄)平(平)仄
悲天地、为予窄[5]。	(平)(平)仄、(仄)(平)仄

〔南宋〕辛弃疾

〖注释〗

①雪堂迁客：苏轼在宋神宗元丰二年（1079）被贬黄州，寓居临皋亭，在其东坡筑雪堂。迁客，遭到贬斥的人。②“不得”句：化用唐刘禹锡诗“一生不得文章力，百口空为饱暖家”句。③泯（mǐn）：消失。④矶（jī）岸赤：指黄州的赤壁矶。矶，水边石滩或突出的岩石。⑤“悲天地”句：化用唐杜甫《送李校书》诗“每愁悔吝作，如觉天地窄”句。

【声律】

1. 双调，四十三字，上下阕各四句。

2. 押仄声韵，上阕押“客、力、迹”三仄韵，下阕押“赤、白、窄”三仄韵。

3.《钦定词谱》卷四以北宋林逋词（冰清霜洁）为正体。

66　水调歌头

【词牌由来】

水调歌头，词牌名。相传隋炀帝开凿汴河时曾制《水调歌》，唐人演为大曲。唐大曲每套有数遍，分为“散序、中序、入破”三部分，“歌头”即中序的第一章。宋代在唐代《水调歌》的基础上，发展出《新水调》。《宋史·乐志》载：“《新水调》者，华声而用胡乐之节奏。”《水调歌头》为宋人截取《新水调》的“歌头”，另翻新声而成。王国维《唐宋大曲考》云：“排遍又谓之‘歌头’，《水调歌头》即《新水调》之排遍也。”

北宋毛滂词名《元会曲》；南宋张榘词名《凯歌》。

【例词·词谱】

丙辰[①]中秋，欢饮达旦[②]，大醉，作此篇，兼怀子由。

明月几时有？	(平)仄(仄)平仄
把酒问青天。	(仄)仄仄平平
不知天上宫阙，	(仄)平(平)仄(平)仄
今夕是何年。	(平)仄仄平平
我欲乘风归去，	(仄)仄(平)平(平)仄
又恐琼楼玉宇[③]，	(仄)仄(平)平仄仄
高处不胜寒[④]。	(平)仄仄平平
起舞弄清影，	(仄)仄(仄)平仄

何似⑤在人间！	(平)仄仄平平
转朱阁⑥，	(仄)平(仄)
低⑦绮户，	(平)(仄)仄
照无眠。	仄(平)平
不应有恨，	(仄)平(仄)仄
何事长向别时圆。	(平)仄(平)仄仄平平
人有悲欢离合，	(平)仄(平)平(平)仄
月有阴晴圆缺，	(仄)仄(平)平(平)仄
此事古难全。	(仄)仄仄平平
但愿人长久，	(仄)仄(平)平仄
千里共婵娟⑧。	(平)仄仄平平

〔北宋〕苏轼

〖注释〗

①丙辰：宋神宗熙宁九年（1076），苏轼时年41岁。②达旦：直到第二天早晨。③琼楼玉宇：指神话中月宫里的亭台楼阁。④不胜寒：不能承受寒冷。《明皇杂录》载，八月十五夜，术士叶静能邀唐明皇游月宫。临行前，嘱咐明皇穿皮衣。到月宫，果然冷得难以忍受。⑤何似：用反问语气表示“不如”。⑥转朱阁：随着时间的推移，月照楼阁的方向有所变化。⑦低：月光下射。⑧婵娟：指明月。

【声律】

1. 双调，九十五字，上阕九句，下阕十句。

2. 上阕押平声韵、仄声韵、平声韵，中间换韵，押韵的字为“天、年；去、宇；寒、间”。下阕押平声韵、仄声韵、平声韵，中间换韵，押韵的字为“眠、圆；合、缺；全、娟”。

3.《钦定词谱》卷二十三以北宋毛滂词（九金增宋重）为正体。

67 水龙吟

【词牌由来】

水龙吟，词牌名。《龙吟》在南北朝时是一组古琴曲。《北齐书·郑述祖列传》载：“述祖能鼓琴，自造《龙吟十弄》，云尝梦人弹琴，寤而写得。当时以为绝妙。”唐代君王出行时，有仪仗乐《龙吟声》。《新唐书·仪术下》载：“警，其一上马用之。长鸣一曲三声：一、《龙吟声》，二、《彪吼声》，三、《河声》。”《全唐诗》卷九百载吕岩（字洞宾）《水龙吟》一首，应为宋以后人作。

北宋吕渭老词名《鼓笛慢》；南宋史达祖词名《龙吟曲》；南宋方味道词有“看他年、接武三槐，长是伴、壮椿岁”句，又称《壮椿岁》。

【例词·词谱】

登建康赏心亭[1]

楚天[2]千里清秋，	(仄)平(平)仄平平
水随天去秋无际。	(仄)平(平)仄平平仄
遥岑[3]远目，	(平)平(仄)仄
献愁供恨，	(仄)平(平)仄
玉簪螺髻[4]。	(仄)平(平)仄

落日楼头，	(仄)仄(平)平
断鸿[5]声里，	(仄)平(平)仄
江南游子。	(平)平(平)仄
把吴钩[6]看了，	仄(平)平(仄)仄
栏杆拍遍，	(平)平(仄)仄
无人会、登临意。	(平)(平)仄、(平)平仄
休说鲈鱼堪脍，	(平)仄(平)平(平)仄
尽西风、季鹰归未[7]？	仄(平)平、(仄)平(平)仄
求田问舍，	(平)平(仄)仄
怕应羞见，	(仄)平(平)仄
刘郎才气[8]。	(平)平(平)仄
可惜流年，	(仄)仄(平)平
忧愁风雨，	(平)平(平)仄
树犹如此[9]。	(仄)平(平)仄
倩[10]何人，	仄(平)平
唤取红巾翠袖[11]，	(仄)仄(平)平(仄)仄
揾[12]英雄泪。	(仄)平平仄

〔南宋〕辛弃疾《**稼轩长短句**》

〖注释〗

①建康赏心亭：在建康（今江苏南京）下水门城楼上，下临秦淮河，是一处胜景。 ②楚天：长江中下游古属楚地，故称。 ③遥岑（cén）：远山。岑，小而高的山。 ④“献愁”二句：远处的山如美人头上的玉簪和螺状发髻，尽

管悦目，却让人生出满腹哀愁。⑤断鸿：失群的孤雁。⑥吴钩：古代吴国产的弯刀。词人这里指自己的佩剑。⑦“休说”二句：表明自己并不想弃官回归田园。季鹰，晋张翰字，他在洛阳做官，见秋风起，思念吴中鲈鱼美味，于是弃官归隐（见《晋书·张翰传》）。脍（kuài），细切的鱼肉。⑧“求田”三句：意思是国难当头，只想着为自己置办田产，会被天下英雄耻笑。刘郎，指刘备。《三国志·魏书·陈登传》记载，刘备批评许汜：“君有国士之名，今天下大乱，帝主失所，望君忧国忘家，有救世之意，而君求田问舍，言无可采。”⑨“可惜”三句：感叹功业未成，青春不再（详见《长亭怨慢》词牌由来）。⑩倩（qìng）：请。⑪红巾翠袖：指歌女。古代酒席上多用歌妓劝酒。⑫揾（wèn）：擦去（眼泪）。

【声律】

1. 双调，一百零二字，上下阕各十一句。

2. 押仄声韵，上阕押“际、髻、子、意”四仄韵，下阕押“脍、未、气、此、泪”五仄韵。

3.《钦定词谱》卷三十以北宋苏轼词（霜寒烟冷蒹葭老）为正体。

68 苏幕遮

【词牌由来】

苏幕遮，词牌名。唐教坊曲名，原为大曲，后摘“遍”流行，用为词牌。《苏幕遮》，本为我国少数民族乐舞，亦指乐曲。唐代自龟兹传入。唐张说《苏摩遮》诗之一：“《摩遮》本出海西胡，琉璃宝服紫髯胡（鬍）。闻道皇恩遍宇宙，来将歌舞助欢娱。”范文澜、蔡美彪等《中国通史》称：“泼汉胡戏……经龟兹传入长安。舞者骏马胡服，鼓舞跳跃，以水相泼。唐时又称此舞为苏莫遮，因之乐曲也称苏莫遮曲。”《苏幕遮》曲得名于歌舞者所着的一种民族服饰，可能是帽子或头巾。《宋史·外国传六》载高昌风俗：“俗多骑射，妇人戴油帽，谓之苏幕遮。”俞平伯《唐宋词选释》引近人说：“苏幕遮为波斯语之译音，原义为披在肩上的头巾。”

北宋周邦彦词有“鬓云松，眉叶聚”句，又称《鬓云松》。

【例词·词谱】

怀旧

碧云天，	仄平平
黄叶地。	平仄仄
秋色连波，	㊥仄平平

波上寒烟翠。	(平)仄平平仄
山映斜阳天接水。	(平)仄(平)平平仄仄
芳草无情，	(平)仄平平
更在斜阳外。	(仄)仄平平仄
黯乡魂[1]，	仄平平
追旅思。	平仄仄
夜夜除非，	(仄)仄平平
好梦留人睡[2]。	(仄)仄平平仄
明月楼高休独倚。	(平)仄(平)平平仄仄
酒入愁肠，	(仄)仄平平
化作相思泪。	(仄)仄平平仄

〔北宋〕范仲淹

〖注释〗

①黯乡魂：思念家乡，黯然销魂。②“夜夜”二句：夜里除了偶然的好梦外，别无慰藉。按意思此二句当为一句。

【声律】

1. 双调，六十二字，上下阕各七句。

2. 押仄声韵，上阕押“地、翠、水、外”四仄韵，下阕押“思、睡、倚、泪”四仄韵。

3.《钦定词谱》卷十四以此词为正体。

69 诉衷情

【词牌由来】

诉衷情，词牌名。唐教坊曲名，后用为词牌。衷情，即内心的感情。该词调最早由晚唐词人温庭筠创作。唐词有单调、双调两体，宋词皆双调。双调因五代毛文锡词有“桃花流水漾纵横”句，又称《桃花水》。

【例词·词谱】

当年万里觅封侯[1]，	(平)平(仄)仄仄平平
匹马戍[2]梁州[3]。	(仄)仄仄平平
关河梦断[4]何处？	(平)平(仄)仄平仄
尘暗旧貂裘[5]。	(平)仄仄平平
胡未灭，	(平)(仄)仄
鬓先秋[6]，	仄平平
泪空流。	仄平平
此生谁料，	(仄)平(平)仄
心在天山[7]，	(平)仄(平)平
身老沧洲[8]。	(平)仄平平

〔南宋〕陆游

【注释】

①“当年”句：用班超典故。《后汉书·班超传》载，有看相的对班超说：“而（你）当封侯万里之外。”又说：“生燕颔虎颈，飞而食肉，此万里侯相也。” ②戍（shù）：以兵守边。 ③梁州：地名。今陕西汉中一带。 ④梦断：梦醒。 ⑤“尘暗”句：《战国策·秦策一》载，苏秦游说秦王不成，贫穷潦倒，所穿貂裘破旧不堪。这里比喻多年没有披挂上阵，甲胄尘封，不能立功边陲。 ⑥鬓先秋：鬓发早已白了。 ⑦天山：即祁连山，西汉名将霍去病曾在此立功。这里借指边塞。 ⑧沧洲：水边。古时[illegible]以称隐士的居所。

【声律】

1. 双调，四十四字，上阕四句，下阕六句。

2. 押平声韵，上阕押“侯、州、裘”三平韵，下阕押“秋、流、洲”三平韵。

3.《钦定词谱》卷五“诉衷情令”以北宋晏殊词（青梅煮酒斗时新）为正体。

70 踏莎行

【词牌由来】

踏莎[1]行[2]，词牌名。明杨慎《词品》说唐韩翃诗有“踏莎行草过春溪”句，但据《全唐诗》卷三百四十八，陈羽诗《过栎阳山谿》有“众草穿沙芳色齐，踏莎行草过春溪”句。《踏莎行》作为词调是北宋寇准的自度曲。

南宋曹冠词名《喜朝天》；南宋赵长卿词名《柳长春》；元彭致中词名《踏雪行》。

注：①莎（suō）：即莎草，多生于潮湿地区或河边沙地。②行：指行步踏春，非“歌行”之意。

【例词·词谱】

雾失楼台，	(仄)仄(平)平
月迷津渡。	(仄)平(平)仄
桃源望断无寻处[1]。	(平)平仄仄平平仄
可堪孤馆闭春寒[2]，	(仄)平(平)仄仄平平
杜鹃声里[3]斜阳暮。	(仄)平(平)仄平平仄
驿寄梅花[4]，	(仄)仄(平)平
鱼传尺素[5]。	(平)平(仄)仄

砌[6]成此恨无重数。	(仄)平(仄)仄平平仄
郴江幸自绕郴山，	(平)平(仄)仄仄平平
为谁流下潇湘去[7]？	(仄)平(平)仄平平仄

〔北宋〕秦观

〖注释〗

①“桃源”句：望尽天涯，理想的桃花源（指陶渊明《桃花源记》所写的与世隔绝的地方）无处寻觅。②“可堪”句：独居客馆，春寒让人难以忍受。可堪，哪堪，受不住。③杜鹃声里：指杜鹃凄凉的啼叫。相传杜鹃鸟是古蜀王杜宇之魂所化。春末夏初，常昼夜啼鸣，其声哀切。④驿寄梅花：用南朝陆凯寄梅事（详见《一剪梅》词牌由来）。⑤鱼传尺素：化用汉乐府《饮马长城窟行》“客从远方来，遗我双鲤鱼。呼儿烹鲤鱼，中有尺素书”句。鱼，一说是传送信件时用来夹信的两块刻成鱼形的木板。尺素，小幅的绢帛，古人多用以写信。⑥砌：堆积。⑦“郴（chēn）江”二句：意思是郴江本是绕着郴山流的，为什么要流到潇湘去呢？暗示郴江耐不住山城的寂寞，流到远方去了，而自己只得待在郴州（今属湖南），没有自由。幸自，本来。

【声律】

1. 双调，五十八字，上下阕各五句。

2. 押仄声韵，上阕押“渡、处、暮”三仄韵，下阕押“素、数、去”三仄韵。

3.《钦定词谱》卷十三以北宋晏殊词（细草愁烟）为正体。

71 太常引

【词牌由来】

太常[1]引，词牌名。《填词名解》谓“太常导引之曲”。又名《太清引》。南宋韩淲词有“小春时候腊前梅，还知道、为谁开”句，又名《腊前梅》。

注：①太常：官名。秦置奉常，汉景帝六年更名太常，掌宗庙礼仪，兼掌选试博士。历代因之，则为专掌祭祀礼乐之官。

【例词·词谱】

建康中秋夜为吕叔潜赋[1]

一轮秋影转金波。	㊀平㊉仄仄平平
飞镜又重磨[2]。	㊉仄仄平平
把酒问姮娥[3]，	㊀仄仄平平
被白发、欺人奈何？	㊀㊀仄、平平仄平
乘风好去，	㊉平㊀仄
长空万里，	㊉平㊀仄
直下看山河。	㊀仄仄平平

斫去桂婆娑。	ⓩ仄仄平平
人道是、清光更多[4]。	㊥ⓩ仄、平平仄平

〔南宋〕辛弃疾

【注释】

①宋孝宗淳熙元年（1174），辛弃疾在建康（今江苏南京）任江东安抚司参议官，时年35岁。②"飞镜"句：月亮像新磨过的铜镜那么明亮。飞镜，比喻月亮。唐李白《渡荆门送别》诗有"月下飞天镜"句。③姮（héng）娥：神话中的月中女神。《淮南子·览冥训》："羿请不死之药于西王母，姮娥窃以奔月。"高诱注："姮娥，羿妻。羿请不死之药于西王母，未及服之，姮娥盗食之，得仙，奔入月中，为月精。"姮，本作"恒"，汉代因避文帝刘恒讳，改称常娥，通作嫦娥。④"斫（zhuó）去"二句：化用唐杜甫《一百五日夜对月》诗"斫却月中桂，清光应更多"句。斫，砍。婆娑（suō），树影舞动的样子。

【声律】

1. 双调，四十九字，上阕四句，下阕五句。

2. 押平声韵，上阕押"波、磨、娥、何"四平韵，下阕押"河、娑、多"三平韵。

3.《钦定词谱》卷七以南宋辛弃疾词（仙丛似欲织纤罗）为正体。

72 唐多令

【词牌由来】

唐多令，词牌名。唐，一作“糖”。调见南宋刘过《龙洲集》。

南宋周密因刘过词有“二十年、重过南楼”句，又称《南楼令》；元张翥词有“花下钿箜篌，尊前白雪讴”句，又称《箜篌曲》。

【例词·词谱】

安远楼小集，侑觞歌板之姬黄其姓者，乞词于龙洲道人，为赋此《糖多令》。同柳阜之、刘去非、石民瞻、周嘉仲、陈孟参、孟容。时八月五日也。

芦叶满汀洲，	(平)仄仄平平
寒沙带浅流。	(平)平(仄)仄平
二十年、重过南楼[1]。	仄(仄)平、(平)仄平平
柳下系舟犹未稳，	(仄)仄(仄)平平仄仄
能几日、又中秋。	(平)(仄)仄、仄平平
黄鹤[2]断矶头，	(平)仄仄平平
故人今在不？	(仄)平(平)仄仄

旧江山、浑是新愁[3]。	仄(平)平、(平)仄平平
欲买桂花同载酒，	(仄)仄(仄)平平仄仄
终不是、少年游[4]。	(平)(仄)仄、仄平平

〔南宋〕刘过

【注释】

①南楼：武昌（今湖北武汉）黄鹤山上的一处游览胜地。一名安远楼。东晋名士庾亮曾在秋夜登楼赏玩。 ②黄鹤：指黄鹤山，一名黄鹄山。其西北有黄鹄矶，黄鹤楼在其上。 ③“旧江山”句：当时武昌是与金兵战斗的前方，故词人生出家国之悲。 ④“欲买”二句：二十年前在这里游玩，兴致很高；现在虽然想买花载酒同游，可惜少年游玩时的那种心情已不再。

【声律】

1. 双调，六十字，上下阕各五句。

2. 押平声韵，上阕押“洲、流、楼、秋”四平韵，下阕押“头、愁、游”三平韵。

3.《钦定词谱》卷十三以此词为正体。

73　桃源忆故人

【词牌由来】

桃源忆故人，词牌名。调名取自东晋陶渊明《桃花源记》。晋太元中，武陵有渔人从桃花源入一山洞，见秦时避乱者的后裔居其间，怡然自乐。渔人出洞归，后再往寻找，遂迷不复得路。

北宋欧阳修《桃源忆故人》词自注：“一名《虞美人影》。”南宋赵鼎词名《醉桃园》；南宋韩淲词有“杏花雨里东风峭，不比寻常开了”句，又称《杏花风》。

【例词·词谱】

冬　景

玉楼深锁薄情种，	(仄)平(平)仄仄平仄
清夜悠悠谁共？	(平)仄(平)平(平)仄
羞见枕衾鸳凤①，	(平)仄(仄)平(平)仄
闷②即和衣拥。	(仄)仄平平仄
无端画角严城③动，	(平)平(仄)仄平平仄
惊破一番新梦。	(平)仄(仄)平平仄
窗外月华霜重，	(平)仄(仄)平平仄
听彻梅花弄④。	(平)仄平平仄

〔北宋〕秦观

〖注释〗

①枕衾鸳凤：枕头和被子上绣着成双成对的鸳鸯和凤凰。②闷：心烦。③严城：戒备森严的城池。④梅花弄：即《梅花三弄》，古曲名。据说此曲系由东晋桓伊所作的笛曲改编而成。内容写傲霜斗雪的梅花，全曲主调共出现三次，故称。弄，乐曲一阕或演奏一遍。

【声律】

1. 双调，四十八字，上下阕各四句。

2. 押仄声韵，上阕押“种、共、凤、拥”四仄韵，下阕押“动、梦、重、弄”四仄韵。

3.《钦定词谱》卷七以北宋欧阳修词（梅梢弄粉香犹嫩）为正体。

74 天仙子

【词牌由来】

天仙子，词牌名。唐教坊曲名，以咏天仙而得名。或云来自西域，本名《万斯年》，后用为词牌。

唐段安节《乐府杂录》载，《万斯年》曲是朱崖李太尉①进，此曲名即《天仙子》也。任二北《敦煌曲校录》认为上述说法不准确，提出："《天仙子》与《万斯年》应无关。因《万斯年》乃宰相所进之颂圣大曲，不应有小曲之别名……《新唐书·礼乐志》亦载其事②，但并无即《天仙子》说。"

有单调、双调两体。

注：①李太尉：即李德裕，唐代大臣，武宗时居相位。牛（牛僧孺）李党争中李党首领。后遭牛党打击，贬崖州（治今海南琼山东南）。②其事：指李德裕进《万斯年》曲事。

【例词·词谱】

时为嘉禾小倅①，以病眠，不赴府会。

水调数声持酒听，	ⓧ仄ⓧ平平仄仄
午醉醒来愁未醒。	ⓧ仄ⓧ平平仄仄
送春春去几时回？	ⓧ平㊉仄仄平平

临晚镜，	平(仄)仄
伤流景[2]，	平平仄
往事后期空记省。	(仄)仄(仄)平平仄仄
沙上并禽[3]池上暝，	(平)仄(仄)平平仄仄
云破月来花弄影。	(平)仄(仄)平平仄仄
重重帘幕密遮灯，	(平)平(平)仄仄平平
风不定，	平(仄)仄
人初静，	平(平)仄
明日落红应满径。	(平)仄(仄)平平仄仄

〔北宋〕张先

【注释】

①倅：副职。宋仁宗庆历元年（1041）前后，张先在嘉禾郡（今浙江嘉兴）任判官。 ②流景：如流水般逝去的光阴。 ③并禽：指成双成对的禽鸟。

【声律】

1. 双调，六十八字，上下阕各六句。

2. 押仄声韵，上阕押“听、醒、镜、景、省”五仄韵，下阕押“暝、影、定、静、径”五仄韵。

3.《钦定词谱》卷二以唐皇甫松词（晴野鹭鸶飞一只）为正体。

75 调笑令

【词牌由来】

调笑令，词牌名。源出唐人酒筵小曲。调笑，指戏谑取笑。

唐白居易《代书诗一百韵寄微之》："打嫌《调笑》易，饮讶《卷波》迟。"自注："抛打曲有《调笑》，饮酒有《卷白波》。"

又名《宫中调笑》《转应曲》等。该调第六、七句必须是第五句末二字的倒转，形成回环往复的特点。

宋人另有单调三十八字体《调笑令》，与唐词调不同，属于同名异调。

【例词·词谱】

胡　马[①]

胡马，	平仄
胡马，	平仄
远放燕支山[②]下。	㊀仄㊥平㊥仄
跑沙跑雪独嘶。	㊥平㊥仄仄平
东望西望路迷。	㊥仄平仄仄平
迷路，	平仄
迷路，	平仄
边草无穷日暮。	㊥仄㊥平㊀仄

〔唐〕韦应物《全唐五代词》

〖注释〗

①胡马：泛指产在西北民族地区的马。②燕（yān）支山：山名。又作“焉支”。在今甘肃永昌县西、山丹县东南，水草丰美。

【声律】

1. 单调，三十二字，八句。

2. 平仄韵递转。前三句押“马、马、下”三仄韵，四五句换“嘶、迷”二平韵，后三句换“路、路、暮”三仄韵。

3.《钦定词谱》卷二“古调笑”以唐王建词（蝴蝶）为正体。

76　望海潮

【词牌由来】

望海潮，词牌名。北宋柳永始创，见《乐章集》。

南宋杨湜《古今词话》载："柳耆卿与孙相何为布衣交①。孙知杭州，门禁甚严，耆卿欲见之不得，作《望海潮》词，往谒名妓楚楚曰：'欲见孙相，恨无门路。若因府会，愿借朱唇歌于孙相公之前。若问谁为此词，但说柳七。'中秋府会，楚楚宛转歌之，孙即日迎耆卿预坐②。"柳永词中"云树绕堤沙，怒涛卷霜雪，天堑无涯"句，即咏钱塘江人潮③，《望海潮》名本此。

注：①布衣交：指贫贱之交。布衣，指平民。古代平民不能衣锦绣，故称。②预坐：参加坐席。③钱塘江大潮：也叫"海宁潮"，以每年农历八月十八日在浙江海宁所见者为最著。整个潮涌全程 80 千米，历时 4 小时左右，潮头高度可达 3 米，巨浪拍岸，蔚为壮观。

【例词·词谱】

东南形胜①，	㊉平㊉仄
三吴②都会，	㊉平㊉仄
钱塘③自古繁华。	㊉平⊗仄平平
烟柳画桥，	㊉仄⊗平

风帘翠幕，	(平)平(仄)仄
参差[4]十万人家。	(平)平(仄)仄平平
云树绕堤沙，	(平)仄仄平平
怒涛卷霜雪[5]，	仄(平)仄平仄
天堑[6]无涯。	(平)仄平平
市列珠玑，	(仄)仄平平
户盈罗绮竞豪奢。	(仄)平(平)仄仄平平
重湖叠巘清嘉[7]。	(平)平(仄)仄平平
有三秋桂子[8]，	仄(平)平(仄)仄
十里荷花。	(仄)仄平平
羌管[9]弄晴，	(平)仄(仄)平
菱歌泛夜，	(平)平(仄)仄
嬉嬉[10]钓叟莲娃。	(平)平(仄)仄平平
千骑拥高牙[11]。	(平)仄仄平平
乘醉听箫鼓，	(平)仄平平仄
吟赏烟霞[12]。	(平)仄平平
异日图将好景[13]，	(仄)仄(平)平(仄)仄
归去凤池[14]夸。	(平)仄仄平平

〔北宋〕柳永

〖注释〗

①形胜：地理位置优越，山川壮美。②三吴：吴兴郡（在今浙江）、吴郡（今江苏苏州）和会稽郡（今浙江绍兴）世号“三吴”。③钱塘：秦置钱唐县。治今杭州西灵隐山麓，

隋移今杭州市。唐代为避国号讳，始在“唐”字旁加“土”为“塘”。④参差：这里形容房屋高低不齐。⑤霜雪：形容白色的浪花。⑥天堑（qiàn）：天然的阻隔。多指长江。堑，沟。⑦“重湖”句：意思是西湖与重叠的山峰相掩映，景色清秀美好。西湖有外湖、里湖之别，故称重湖。巘（yǎn），山峰。⑧三秋桂子：秋天的桂花。古代七月称孟秋、八月称仲秋、九月称季秋，合称“三秋”。⑨羌管：即羌笛，古管乐器。因出于羌中，故名。⑩嬉嬉：玩耍笑乐的样子。⑪高牙：牙旗。古代天子出行，立大牙旗，杆上以象牙装饰，故名。这里借指高官的仪仗。⑫烟霞：烟雾和云霞，泛指山水。⑬“异日”句：来日描绘出一幅好图景。⑭凤池：即凤凰池。本是禁苑中的池沼，魏晋南北朝时设中书省于禁苑，掌管机要，故称中书省为“凤凰池”。这里指朝廷。

【声律】

1. 双调，一百零七字，上下阕各十一句。

2. 押平声韵，上阕押“华、家、沙、涯、奢”五平韵，下阕押“嘉、花、娃、牙、霞、夸”六平韵。

3.《钦定词谱》卷三十四以此词为正体。

77 武陵春

【词牌由来】

武陵春，词牌名。清毛先舒《填词名解》云，唐方干诗有“为是仙才登望处，风光便似武陵春”句，以为调名。古有武陵郡，治今湖南常德一带。东晋陶渊明《桃花源记》谓有武陵渔人误入桃花源，出境之后无法重觅。

又名《武林春》《花想容》。

【例词·词谱】

风住尘香[1]花已尽，	(平)仄(平)平平仄仄
日晚倦梳头。	(仄)仄仄平平
物是人非事事休。	(仄)仄平平(仄)仄平
欲语泪先流。	(仄)仄仄平平
闻说双溪[2]春尚好，	(平)仄(平)平平仄仄
也拟泛轻舟。	(仄)仄仄平平
只恐双溪舴艋[3]舟，	(仄)仄平平(仄)仄平
载不动、许多[4]愁。	仄仄仄、仄平平

〔南宋〕李清照

〖注释〗

①风住尘香：风停后，满地落花香。②双溪：水名。在今浙江金华，风景优美。原为两条溪，至金华合而为一，故名。③舴艋（zéměng）：小船。王念孙《广雅》疏证："小舟谓之舴艋，小蝗谓之蚱蜢，义相近也。"④许多：如此之多。

【声律】

1. 双调，四十九字，上下阕各四句。

2. 押平声韵，上阕押"头、休、流"三平韵，下阕押"舟、舟、愁"三平韵。

3.《钦定词谱》卷七以北宋毛滂词（风过冰檐环佩响）为正体。

78 西江月

【词牌由来】

西江月，词牌名。唐教坊曲名，后用为词牌。相传因唐李白《苏台览古》诗“只今唯有西江月，曾照吴王宫里人”得名。西江，泛指西来的大江。清末在敦煌发现了《西江月》唐代琵琶谱，调犹存，但无词。

五代欧阳炯词有“笛声何处响渔歌，两岸蘋香暗起”句，又名《白蘋香》；南宋程珌词名《步虚词》；明王行词名《江月令》。

【例词·词谱】

夜行黄沙[1]道中

明月别枝[2]惊鹊，	(平)仄(仄)平(平)仄
清风半夜鸣蝉。	(平)平(仄)仄平平
稻花香里说丰年，	(仄)平(平)仄仄平平
听取蛙声一片。	(平)仄(平)平(仄)仄
七八个星天外，	(仄)仄(仄)平(平)仄
两三点雨山前。	(仄)平(仄)仄平平
旧时茅店社林边，	(仄)平(平)仄仄平平
路转溪桥忽见[3]。	(仄)仄(平)平(仄)仄

〔南宋〕辛弃疾

【注释】

①黄沙：指黄沙岭，在江西上饶西。辛弃疾退居乡间生活时，常经过这里。②别枝：另一枝，斜枝。③“旧时”二句：转过溪桥后，原来熟悉的茅店突然在土地庙的树林边出现了。

【声律】

1. 双调，五十字，上下阕各四句。

2. 押二平韵换仄韵。上阕的“蝉、年”与下阕的“前、边”押平韵，上阕的“片”与下阕的“见”押仄韵。

3.《钦定词谱》卷八以北宋柳永词（凤额绣帘高卷）为正体。

79　相见欢

【词牌由来】

相见欢，词牌名。唐教坊曲名，后用为词牌。五代前蜀薛昭蕴始用此调填词，见《花间集》。

因南唐李煜词“无言独上西楼，月如钩”，又名《秋夜月》《上西楼》《西楼子》；宋康与之词名《忆真妃》；南宋张辑词有“唯有渔竿明月、上瓜洲”句，因名《月上瓜洲》。又名《乌夜啼》。李煜共有三首《乌夜啼》，实为两体：其中三十六字体“无言独上西楼”及“林花谢了春红”，即《相见欢》；四十七字体“昨夜风兼雨”。北宋欧阳修词名《圣无忧》，北宋赵令畤词名《锦堂春》。

【例词·词谱】

无言独上西楼，	(平)平(仄)仄平平
月如钩。	仄平平
寂寞梧桐深院锁清秋。	(仄)仄(平)平(平)仄仄平平
剪不断，	(仄)(仄)仄
理还乱，	(仄)(平)仄
是离愁。	仄平平
别是一番滋味在心头。	(仄)仄(仄)平(平)仄仄平平

〔南唐〕李煜《**全唐五代词**》

【声律】

1. 双调，三十六字，上阕三句，下阕四句。

2. 上阕押平声韵，下阕仄声韵转平声韵。上阕押“楼、钩、秋”三平韵，下阕押“断、乱”二仄韵转“愁、头”二平韵。

3.《钦定词谱》卷三以五代薛昭蕴词（罗襦绣袂香红）为正体。

80 小重山

【词牌由来】

小重山，词牌名。五代韦庄始用此调填词，见《花间集》。词人多以此调写宫怨，故其调悲。

北宋李邴词，名《小冲山》；南宋姜夔词，名《小重山令》；南宋韩淲词，有“点染烟浓柳色新”句，名《柳色新》。

【例词 · 词谱】

昨夜寒蛩[1]不住鸣，	(仄)仄平平(仄)仄平
惊回千里梦，	(平)平平仄仄
已三更。	仄平平
起来独自绕阶行，	(仄)平(仄)仄仄平平
人悄悄，	(平)(仄)仄
帘外月胧明[2]。	(平)仄仄平平
白首为功名。	(仄)仄仄平平
旧山松竹老，	(仄)平平仄仄
阻归程。	仄平平
欲将心事付瑶琴[3]，	(仄)平(平)仄仄平平
知音[4]少，	(平)(平)仄
弦断有谁听。	(平)仄仄平平

〔南宋〕岳飞

〖注释〗

①寒蛩（qióng）：深秋的蟋蟀。②胧明：微明。③瑶琴：用玉装饰的琴。④知音：本义为通晓音律，比喻知己。《列子·汤问》载：伯牙善鼓琴，钟子期善听琴。伯牙琴音志在高山，子期说“峩峩兮若泰山”；琴音意在流水，子期说“洋洋兮若江河”。伯牙所念，钟子期必得之。

【声律】

1. 双调，五十八字，上下阕各六句。

2. 押平声韵，上阕押“鸣、更、行、明”四平韵，下阕押“名、程、琴、听”四平韵。

3.《钦定词谱》卷十三以五代薛昭蕴词（春到长门春草青）为正体。

81 行香子

【词牌由来】

行香子，词牌名。行香是古代礼拜神佛的一种仪式，始于南北朝。宋姚宽《西溪丛语》卷下：“行香起于后魏及江左齐、梁间。每燃香熏手，或以香末散行，谓之行香。”唐以后的行香主要指斋主持香炉巡行道场及街市。调名取此。又名《爇①心香》。

注：①爇（ruò）：点燃。

【例词 · 词谱】

过七里滩①

一叶舟轻，	仄仄平平
双桨鸿惊。	(平)仄平平
水天清、影湛②波平。	仄平平、(仄)仄平平
鱼翻藻鉴，	(平)平(仄)仄
鹭点烟汀。	(仄)仄平平
过沙溪急，	仄平平(仄)
霜溪冷，	平平仄
月溪明。	仄平平

重重似画，	(平)平(仄)仄
曲曲如屏。	(仄)仄平平
算当年、虚老严陵[3]。	仄平平、(平)仄平平
君臣一梦，	(平)平(仄)仄
今古空名[4]。	(平)仄平平
但远山长，	仄(仄)平平
云山乱，	平(平)仄
晓山青。	仄平平

〔北宋〕苏轼

〖注释〗

①七里滩：在今浙江桐庐南三十里，风景优美。宋神宗熙宁六年（1073），在杭州任通判的苏轼曾游赏富春江，经过此地。②湛（zhàn）：清澈。③虚老严陵：意思是严光当年白白在这里终老，未曾领略到山水之妙。严陵，即严光，字子陵。东汉光武帝的同学。刘秀当皇帝后，征召他到洛阳，授谏议大夫。严光坚辞不受，归隐富春江。④“君臣”二句：皇帝和隐士，而今也如梦一般消散，只留下空名而已。

【声律】

1. 双调，六十六字，上下阕各八句。

2. 押平声韵，上阕押“轻、惊、平、汀、明”五平韵，下阕押“屏、陵、名、青”四平韵。

3.《钦定词谱》卷十四以北宋晁补之词（前岁栽桃）为正体。

82 眼儿媚

【词牌由来】

眼儿媚，词牌名。宋阮阅词有“斜月小阑干”句，名《小阑干》；南宋韩淲词有“东风拂槛露犹寒”句，名《东风寒》；南宋陆游词名《秋波媚》。古人以“秋波”比喻美女的眼神如秋水般清澈。

【例词·词谱】

七月十六日晚，登高兴亭[1]，望长安南山[2]。

秋到边城角声哀，	(平)仄平平仄(平)平
烽火[3]照高台[4]。	(平)仄仄平平
悲歌击筑[5]，	(仄)平(仄)仄
凭高酹酒[6]，	(平)平(仄)仄
此兴悠哉[7]。	(仄)仄平平
多情谁似南山月，	(平)平(仄)仄平平仄
特地暮云开。	(仄)仄仄平平
灞桥烟柳，	(仄)平(平)仄
曲江[8]池馆，	(仄)平(平)仄
应待人来。	(仄)仄平平

〔南宋〕陆游

【注释】

①高兴亭：在今陕西汉中内城西北。②南山：即终南山，横亘在陕西南部，它的主峰在长安（今陕西西安）以南。③烽火：战火。④高台：这里指高兴亭。⑤悲歌击筑（zhú）：《史记·刺客列传》载，燕太子丹及宾客送荆轲使秦，“至易水之上，既祖（将行而饮酒），取道，高渐离击筑，荆轲和而歌，为变徵之声（声高而悲的调子），士皆垂泪涕泣”。筑，古弦乐器名。形似筝，颈细而肩圆，弦下设柱。演奏时，左手按弦的一端，右手执竹尺击弦发音。⑥酹酒：这里有祈祷收复失地的意思。⑦悠哉：深长。⑧曲江：即曲江池。在今陕西西安东南。秦为宜春苑，汉为乐游原。有河水水流曲折，故称。隋文帝以曲名不正，更名芙蓉园。唐复名曲江。开元中更加疏凿，为游赏胜地。

【声律】

1. 双调，四十八字，上下阕各五句。

2. 押平声韵，上阕押“哀、台、哉”三平韵，下阕押“开、来”二平韵。

3.《钦定词谱》卷七以宋阮阅词（楼上黄昏杏花寒）为正体（《钦定词谱》作左誉，此处依《全宋词》作阮阅）。

83 扬州慢

【词牌由来】

扬州慢，词牌名。南宋姜夔自度曲。自序云："淳熙丙申至日[①]，予过维扬。夜雪初霁[②]，荠麦弥望。入其城，则四顾萧条，寒水自碧，暮色渐起，戍角悲吟。予怀怆然，感慨今昔，因自度此曲。千岩老人[③]以为有《黍离》之悲[④]也。"

注：①至日：宋孝宗三年（1176）的冬至日，姜夔路过扬州，目睹战争洗劫后扬州的萧条景象，抚今追昔写下这首词。②霁（jì）：指雪停天放晴。③千岩老人：南宋诗人萧德藻，号千岩老人，以其侄女许姜夔为妻。④《黍（shǔ）离》之悲：本为《诗经》篇名。《诗经·王风·黍离序》："《黍离》，闵宗周也。周大夫行役，至于宗周，过故宗庙宫室，尽为禾黍，闵周室之颠覆，彷徨不忍去而作是诗也。"后用"黍离之悲"形容亡国的悲痛。黍，古代指一种子实称黍子的粮食作物。

【例词·词谱】

淮左名都[①]，	㊥仄平平
竹西佳处[②]，	㊀平㊥仄
解鞍少驻初程[③]。	㊀平仄仄平平
过春风十里[④]，	仄平平仄仄

尽荠麦青青。	仄仄仄平平
自胡马窥江[5]去后，	仄(平)仄平平仄仄
废池乔木[6]，	(仄)平(平)仄
犹厌言兵。	(平)仄平平
渐黄昏，清角吹寒，	仄平平、(平)仄平平
都在空城。	(平)仄平平
杜郎俊赏，	(仄)平仄仄
算而今、重到须惊[7]。	仄平平、平(仄)(平)平
纵豆蔻词工，	仄仄仄平平
青楼梦好，	平平仄仄
难赋深情[8]。	(平)仄平平
二十四桥[9]仍在，	仄仄(仄)平平仄
波心荡、冷月无声。	平平仄、仄仄平平
念桥边红药，	仄平平(平)仄
年年知为谁生[10]。	平平(平)仄平平

〔南宋〕姜夔

〖注释〗

①淮左名都：宋时在淮河下游地区设淮南东路和淮南西路，东路称淮左。扬州是淮左地区的著名都会。 ②竹西佳处：扬州禅智寺旁有竹西亭，环境优雅。 ③少驻初程：完成旅程的最初阶段后，在扬州稍事停留。 ④春风十里：唐杜牧《赠别》诗："春风十里扬州路，卷上珠帘总不如。"这里指昔日扬州的繁华景象。 ⑤胡马窥江：指金兵南侵至长江一带。宋高宗建炎三年（1129）和绍兴三十一年（1161），

金兵两次南侵，扬州都遭到焚掠。⑥废池乔木：被战争破坏而未恢复的城池以及古老高大的树木。⑦“杜郎”二句：当年那样钟爱并赞美扬州的杜牧，要是看到如今的破败景象，一定会感到震惊。杜郎，唐代诗人杜牧。算，料想。⑧“纵豆蔻(kòu)”三句：纵然有像杜牧那样能写出“豆蔻”“青楼”这些美好诗句的才华，也很难表达出自己面对扬州残破景象时的悲痛心情。豆蔻，指唐杜牧《赠别》诗中有“豆蔻梢头二月初”句。青楼梦好，指其《遣怀》诗中有“十年一觉扬州梦，赢得青楼薄幸名”句。青楼，指妓女歌姬的住处。⑨二十四桥：据宋沈括《梦溪笔谈·补笔谈》记载，唐代扬州西郊有二十四座桥，但北宋时仅残存八座。另说桥只有一座，因二十四位美女曾在桥上吹箫，故名。这里泛指扬州的桥。杜牧《寄扬州韩绰判官》诗：“二十四桥明月夜，玉人何处教吹箫？”⑩“念桥边”二句：桥边的红芍药花虽然盛开，却无人欣赏，花又是为谁而生的呢？扬州以产芍药出名，清李斗《扬州画舫录》：“廿四桥……一名红药桥。”

【声律】

1. 双调，九十八字，上阕十句，下阕九句。

2. 押平声韵，上阕押“程、青、兵、城”四平韵，下阕押“惊、情、声、生”四平韵。

3.《钦定词谱》卷二十六以此词为正体。

84 谒金门

【词牌由来】

谒[①]金门，词牌名。唐教坊曲名，后用为词牌。金门，即汉代宫门“金马门”的省称。汉武帝得大宛马，命善于相马的东门京为马铸铜像，立于鲁班门外，后鲁班门更名为金马门。汉代征召来的人，一般都要待诏公车[②]，其中才能优异者令待诏金马门。东方朔、主父偃、严安、徐乐等皆曾待诏金马门。后金马门成为官署的代称。《教坊记》有《儒士谒金门》《武士朝金阙》二曲。

此调别名甚多。五代韦庄词有“空相忆，无计得消息”句，因名《空相忆》；南宋张辑词有“无风花自落”句，因名《花自落》；又有“楼外垂杨如此碧”句，因名《垂杨碧》；北宋李清臣词有“杨花落”句，因名《杨花落》；南宋韩淲词有“东风吹酒面”句，因名《东风吹酒面》；又有“不怕醉，记取吟边滋味”句，因名《不怕醉》；又有“人已醉，溪北溪南春意，击鼓吹箫花未落”句，因名《醉花春》；又有“春尚早，春入湖山渐好”句，因名《春早湖山》。

注：①谒（yè）：臣子朝见的一种礼节。②公车：汉代官署名。征召等事宜经由此处受理。

【例词·词谱】

春 闺

风乍起，	㊥㊇仄
吹皱一池春水。	㊇仄㊇平㊥仄
闲引鸳鸯芳径里，	㊥仄㊥平平仄仄
手挼[1]红杏蕊。	㊇平平仄仄
斗鸭阑干独倚，	㊇仄㊥平㊇仄
碧玉搔头[2]斜坠。	㊇仄㊥平㊥仄
终日望君君不至，	㊇仄㊇平平仄仄
举头闻鹊喜。	㊇平平仄仄

〔五代〕冯延巳《**全唐五代词**》

〖注释〗

① 挼（ruó）：揉搓。②搔（sāo）头：簪的别称。

【声律】

1. 双调，四十五字，上下阕各四句。

2. 押仄声韵，上阕押“起、水、里、蕊”四仄韵，下阕押“倚、坠、至、喜”四仄韵。

3.《钦定词谱》卷五以五氏韦庄词（空相忆）为正体。

85 一斛珠

【词牌由来】

一斛珠[①]，词牌名。南唐李煜始创此调，见《尊前集》。

据旧题唐曹邺传奇小说《梅妃传》：梅妃，姓江氏。莆田人。父仲孙，世为医。妃年九岁，能诵二南[②]，语父曰：“我虽女子，期以此为志。”父奇之，名之曰“采蘋[③]”。开元初年，高力士选归侍奉明皇。敏慧能文，自比谢道韫[④]。性喜梅，居所悉植梅花，明皇戏名之为“梅妃”。初颇受宠爱，后因唐玄宗宠杨贵妃，被迫迁上阳宫。 日有夷使贡珠，帝因念梅妃，封珍珠一斛密赐之。妃不受，以诗谢曰：“柳叶双眉久不描，残妆和泪污红绡。长门尽日无梳洗，何必珍珠慰寂寥。”玄宗览诗怅然不乐，令乐府以新声度之，名《一斛珠》，曲名始此。宋人借旧曲另翻新声。

北宋张先词名《怨春风》；北宋晏几道词名《醉落魄》；北宋黄庭坚词名《醉落拓》；《宋史·乐志》名《一斛夜明珠》。

注：①一斛（hú）珠：即十斗珠。②二南：《诗经·国风》中的《周南》《召南》。汉以后被作为诗教的典范。③采蘋（pín）：《诗经·召南》中的篇名。④谢道韫：东晋女诗人。谢安侄女，王凝之妻。聪慧有才。尝在家遇雪，谢安曰：“何所似也？”安侄朗曰：“撒盐空中差可拟。”道韫曰：“未若柳絮因风起。”安大悦。世称“咏絮才”。

【例词·词谱】

鸾孤[1]月缺，	(平)平(仄)仄
两春惆怅音尘[2]绝。	(仄)平(平)仄平平仄
如今若负当时节，	(平)平(仄)仄平平仄
信道欢缘，	(仄)仄(平)平
狂向衣襟结。	(平)仄(平)平仄
若问相思何处歇，	(仄)仄(平)平平仄仄
相逢便是相思彻。	(平)平(仄)仄平平仄
尽饶别后留心别，	(仄)平(仄)仄平平仄
也待相逢，	(仄)仄(平)平
细把相思说。	(仄)仄(平)平仄

〔北宋〕晏几道

〖注释〗

①鸾（luán）孤：指情人离去后独处。②音尘：踪迹。

【声律】

1. 双调，五十七字，上下阕各五句。

2. 押仄声韵，上阕押“缺、绝、节、结”四仄韵，下阕押“歇、彻、别、说”四仄韵。

3.《钦定词谱》卷十二以南唐李煜词（晚妆初过）为正体。

86　一剪梅

【词牌由来】

一剪梅，词牌名。北宋周邦彦始创此调，其词有“一剪梅花万样娇，斜插疏枝，略点梅梢”句，取前三字为名。“剪”在此处是量词，一剪梅，即一枝梅。

古人有赠送梅花表达思念与问候的传统。宋《太平御览》引南朝宋盛弘之《荆州记》：“陆凯与范晔相善，自江南寄梅花一枝诣长安与晔，并赠花诗曰：‘折花逢驿使，寄与陇头人。江南无所有，聊赠一枝春。’”《一剪梅》常用以抒发思念之情，声情低抑。

南宋韩淲词有“一朵梅花百和香”句，又名《腊梅香》（《全宋词》为《腊前梅》）；南宋李清照词有“红藕香残玉簟秋”句，又称《玉簟秋》。

【例词・词谱】

红藕香残玉簟秋[1]，	(平)仄平平(仄)仄平
轻解罗裳，	(平)仄平平
独上兰舟[2]。	(仄)仄平平
云中谁寄锦书来[3]？	(平)平(平)仄仄平平
雁字回时[4]，	(仄)仄平平

月满西楼。	㊀仄平平
花自飘零水自流，	㊥仄平平㊀仄平
一种相思，	㊀仄平平
两处闲愁。	㊀仄平平
此情无计可消除，	㊀平㊥仄仄平平
才下眉头，	㊥仄平平
却上心头。	㊥仄平平

〔南宋〕李清照

〖注释〗

① 玉簟（diàn）秋：用竹席有些嫌凉。玉簟，竹席的美称。

②兰舟：木兰舟。木兰，即玉兰，是制造舟船桨棹的良材。

③ “云中”句：是谁从远方捎来了信？锦书，书信的美称。

④雁字回时：大雁回来的时候。相传雁可传书，故云。雁字，群雁飞行时常排成“一”或“人”字形，故称。

【声律】

1. 双调，六十字，上下阕各六句。

2. 押平声韵，上阕押“秋、舟、楼”三平韵，下阕押“流、愁、头、头”三平韵，一叠韵。

3.《钦定词谱》卷十三以北宋周邦彦词（一剪梅花万样娇）为正体。

87 忆江南

【词牌由来】

忆江南，词牌名。唐教坊曲名，后用为词牌。《唐音癸签》引《海山记》：“隋炀帝为西苑，凿池泛龙凤舸，制《望江南》八阕。”唐玄宗末年崔令钦著《教坊记》，“曲名”中载有《望江南》。唐段安节《乐府杂录》云，唐李德裕镇浙西日，用隋炀帝所作《望江南》句拍，悼亡妓谢秋娘，因名《谢秋娘》。白居易作《忆江南》三首，始名《忆江南》，又名《江南好》。

唐刘禹锡词有“春去也，多谢洛城人”句，因名《春去也》；唐温庭筠词有“梳洗罢，独倚望江楼”句，因名《望江楼》；唐皇甫松词有“闲梦江南梅熟日”句，又名《梦江南》《梦江口》；南唐李煜词名《望江梅》。唐词皆单调，至宋词始为双调。

【例词·词谱】

江南好，	平(平)仄
风景旧曾谙[1]。	(平)仄仄平平
日出江花红胜火，	(仄)仄(平)平平仄仄
春来江水绿如蓝，	(平)平(平)仄仄平平
能不忆江南？	(平)仄仄平平

〔唐〕白居易《全唐五代词》

【注释】

①谙（ān）：熟悉，知道。

【声律】

1. 单调，二十七字，五句。

2. 押平声韵，押韵的字为“谙、蓝、南”。

3.《钦定词谱》卷一以此词为正体。

88 忆秦娥

【词牌由来】

忆秦娥，词牌名。世传因李白词有“秦娥梦断秦楼月”句，故名。又名《秦楼月》。明胡应麟疑其伪，在《庄岳委谈》中提出：“诗余中《忆秦娥》《菩萨蛮》称最古，以词出太白也。余谓太白在当时，直以风雅自任，即近体盛行，七言律鄙不肯为，宁屑事此？且二词虽工丽，而气衰飒，于太白超然之致，不啻穹壤。殆晚唐人词，嫁名于白耳。”今人证真、辨伪者皆有之，尚无定论。

忆秦娥的典故，据明胡震亨《唐音癸签》载，唐文宗宫人阿翘善歌，出宫嫁金吾卫长史秦诚。诚出使新罗，翘思念，撰小词名《忆秦郎》，诚亦于是夜梦传其曲拍，归日合之无异。后有《忆秦娥》，或即出此。另说，秦娥乃秦穆公女弄玉，弄玉好乐。萧史善吹箫，能以箫作凤鸣。秦穆公以弄玉妻之，为之作凤楼（亦名凤台）。二人吹箫，凤凰来集，后乘凤飞升而去。事见汉刘向《列仙传》。此调多用来表现离别相思之苦。

北宋苏轼词有“清光偏照双荷叶”句，因名《双荷叶》；无名氏词有“水天摇荡蓬莱阁”句，名《蓬莱阁》；南宋张辑词有“碧云暮合”句，名《碧云深》；宋代女词人孙道绚词有“花深深”句，名《花深深》；北宋贺铸词名《子夜歌》；明徐有贞词有“中秋月，月到中秋偏皎洁”句，名《中秋月》。

【例词 · 词谱】

箫声咽①，	平(平)仄
秦娥梦断秦楼月。	(平)平(仄)仄平平仄
秦楼月，	平平仄
年年柳色，	(平)平(仄)仄
灞陵②伤别。	(仄)平平仄
乐游原③上清秋节④，	(仄)平(平)仄平平仄
咸阳古道音尘绝。	(平)平(仄)仄平平仄
音尘绝，	平平仄
西风残照，	(平)平(平)仄
汉家陵阙⑤。	(仄)平平仄

〔唐〕李白《**全唐五代词**》

〔注释〕

①咽（yè）：声音滞涩悲切。②灞陵：汉文帝陵墓。本作霸陵。故址在今陕西西安东。因靠近灞水，故名。③乐游原：亦称“乐游苑”，古苑名。故址在今陕西西安南郊。本为秦时的宜春苑，汉宣帝时改建乐游苑。唐时为游赏胜地。④清秋节：指农历九月九日重阳节。⑤陵阙：指皇帝的陵墓。阙，陵墓前的牌楼。

【声律】

1. 双调，四十六字，上下阕各五句。

2. 押仄声韵，上阕押“咽、月、月、别”三仄韵，一叠韵；下阕押“节、绝、绝、阙”三仄韵，一叠韵。

3.《钦定词谱》卷五以此词为正体。

89 永遇乐

【词牌由来】

永遇乐，词牌名。明胡震亨《唐音癸签》引宋《锦绣万花谷》："唐杜秘书工于小词。邻翁有女，小字酥香，凡才人所为歌曲，悉能讽之。一夕，逾墙而至，杜始望不及此。邻翁失女所在。后半年，仆有过，杜笞之，窜而闻官。杜流河朔，临行，述《永遇乐》一词诀别。女持纸三唱而死。"

《永遇乐》在北宋是宫廷用乐。南宋周密《武林旧事》卷一"圣节"载，天基圣节有觱篥演奏《永遇乐慢》。天基圣节为宋理宗的寿辰，《永遇乐慢》是宫廷寿筵用乐之一。北宋民间用此调，始见柳永《乐章集》。

"苏门四学士①"之一的晁补之被贬，隐居东皋，因牵挂苏轼及同门的消息，用《永遇乐》曲作词，名《消息》。

注：①苏门四学士：即北宋的黄庭坚、秦观、晁补之、张耒四人，都出自苏轼门下。

【例词·词谱】

京口北固亭怀古

千古江山，	(平)仄平平
英雄无觅，	(平)平(平)仄
孙仲谋处[1]。	(平)仄平仄
舞榭歌台，	(仄)仄平平
风流[2]总[3]被，	(平)平(仄)仄
雨打风吹去。	(仄)仄平(平)仄
斜阳草树，	(平)平仄仄
寻常巷陌，	(平)平仄仄
人道寄奴[4]曾住。	(平)仄(仄)平(平)仄
想当年、金戈铁马，	仄平平、(平)平仄仄
气吞万里如虎。	仄平仄仄平仄
元嘉草草[5]，	(平)平仄仄
封狼居胥[6]，	(平)平(平)平
赢得仓皇北顾[7]。	(平)仄(平)平仄仄
四十三年，	(仄)仄平平
望中犹记，	(仄)平(平)仄
烽火扬州路[8]。	(平)仄平(平)仄
可堪回首，	(仄)平(平)仄
佛狸祠下，	(仄)平(平)仄
一片神鸦社鼓[9]。	(仄)仄(平)平(仄)仄
凭谁问[10]、廉颇老矣，	(仄)平仄、(平)平仄仄
尚能饭否[11]？	(仄)平仄仄

〔南宋〕辛弃疾

〖注释〗

①“英雄”二句：即“无觅英雄孙仲谋处”。孙仲谋，三国时期吴主孙权，字仲谋。②风流：这里指英雄的业绩。③总：全，都。④寄奴：南朝宋武帝刘裕的小名。刘裕生长在京口，曾率领东晋军队北伐，一度收复了洛阳、长安等地。⑤元嘉草草：南朝宋文帝刘义隆（刘裕的儿子）曾仓促北伐，结果失败。元嘉，刘义隆的年号（424—453）。⑥封狼居胥（xū）：登狼居胥山举行祭祀仪式，向上天报告军功。宋文帝的大将王玄谟鼓动文帝北伐，文帝很兴奋地说：听了王玄谟的计策，“使人有封狼居胥意”。狼居胥，山名。约为今蒙古人民共和国境内肯特山。西汉霍去病曾在此击败匈奴，封狼居胥山。后代诗文叙与异族战争常引用之，多非实指。⑦“赢得”句：王玄谟北伐失败后，敌人扬言要渡过长江。宋文帝登上烽火楼，向北瞭望，非常不安。⑧“四十二年”二句：辛弃疾已经南归四十二年了，仍记得当年扬州一带的抗金战火。⑨“可堪”三句：意思是江北沦陷很久了，人们已经忘记过去，若无其事地在佛狸（bìlí）祠下迎神赛社，此情此景令人不堪回首。佛狸祠，在今江苏六合瓜步山上。佛狸是北魏太武帝拓跋焘的小名。元嘉二十七年（450），他追击王玄谟的军队至长江北岸瓜步山，在山上修建了行宫，后称佛狸祠。神鸦，吃祭神供品的乌鸦。⑩凭谁问：烦劳谁来问一问（我）。⑪廉颇老矣，尚能饭否：廉颇，战国时赵国名将，晚年遭谗言，离开赵国，去了魏国。秦攻赵，赵王想起用廉颇，便派使者去察看。廉颇在使者面前吃了很多饭，表明自己并不衰老。可是，使者接受了廉颇仇人的贿赂，向赵王报告说：廉颇虽然还很能吃饭，但一顿饭的工夫就拉了三回屎。

赵王信以为真，打消了重新起用廉颇的念头。辛弃疾作此词时已经六十多岁，这里是以廉颇自比，表示自己还可有所作为，却不被重用。

【声律】

1. 双调，一百零四字，上下阕各十一句。

2. 押仄声韵，上阕押“处、去、住、虎”四仄韵，下阕押“顾、路、鼓、否”四仄韵。

3.《钦定词谱》卷三十二以北宋苏轼词（明月如霜）为正体。

90 渔父

【词牌由来】

渔父（fǔ），词牌名。又名《渔父乐》《渔歌子》。渔父，本义为捕鱼的老人。唐张志和始作。张志和居江湖，自称“烟波钓徒”，每垂钓不设饵，志不在鱼也。宪宗求其人，不能致。张志和撰《渔歌》，即此词也。

《渔歌》五首后传入日本，嵯峨天皇于弘仁十四年（823）作《张志和渔歌子五首》，为日本填词之开山。需要注意的是，唐五代另有《渔歌子》，双调五十字，仄韵，与《渔父》异调同名，不能混为一调。

【例词·词谱】

西塞①山前白鹭飞，	(平)仄平平(仄)仄平
桃花流水鳜鱼②肥。	(平)平(平)仄仄平平
青箬笠③，	(平)(仄)仄
绿蓑衣，	(仄)(平)平
斜风细雨不须归。	(平)平(仄)仄仄平平

〔唐〕张志和《**全唐五代词**》

【注释】

①西塞：山名。在浙江湖州西南。或说在湖北黄石东郊。②鳜（guì）鱼：即桂鱼。生活在淡水中，是我国的特产，肉味鲜美。③箬（ruò）笠：用箬竹叶及篾编成的宽边帽。

【声律】

1. 单调，二十七字，五句。
2. 押平声韵，押韵的字为“飞、肥、衣、归”。
3.《钦定词谱》卷一“渔歌子”以此词为正体。

91 渔家傲

【词牌由来】

渔家傲，词牌名。此调始于北宋晏殊，因词中有“神仙一曲渔家傲”句，故名。

据宋《青琐集》记载，传江南有李先生者，自号同客人，持蓑笠纶竿，敲短板唱《渔家傲》，又为鸣榔[1]之声以参之。音清悲激，如在青霄。其词曰：“二月江南山水路，李花零落春无主。一个鱼儿无觅处。风兼雨，土龙生甲归天去。”人或与钱，不受；与酒即不辞。以甲辰二月终，瘗之无尸。始悟“同客”者即神仙“洞宾[2]”也。歌中语皆应验[3]。

《渔家傲》原是表现渔家生活的词，后词境逐渐扩大。欧阳修曾作《十二月鼓子词[4]·渔家傲》，连用十二首《渔家傲》，分咏十二个月的景色。以《渔家傲》咏边塞，则是范仲淹首创。宋魏泰《东轩笔录》云：“范文正公守边日，作《渔家傲》乐歌数阕，皆以‘塞下秋来’为首句，颇述边镇之劳苦，欧阳公尝呼为穷塞主之词。及王尚书素出守平凉，文忠亦作《渔家傲》一词以送之。”

范仲淹的《渔家傲》开启了宋词贴近社会生活和现实人生的创作方向。其沉郁苍凉的风格，也成为后来“苏辛”派豪放词的滥觞。龙榆生《词学十讲》评价范仲淹此词：“前后阕除一个三言句外，约略相等于一首七言仄韵绝句，句中的平仄安排是和谐的，而从整体的落脚字来看，音节却是拗怒的。加之句句押韵，显示着情绪的紧张迫促，是适宜于表达兀傲凄壮的爽朗襟怀的。”

此调又名《荆溪咏》《吴门柳》《绿蓑令》《渔家乐》《渔家傲引》《忍辱仙人》等。

注：①鸣榔：击船以为歌声之节，犹“扣舷而歌之”。②洞宾：唐末道士吕洞宾。名嵒（一作岩），以字行，号纯阳子。曾举进士不第，后浪游江湖，隐居修道，传为道教八仙之一。③应验：指“同客人”所言“李花零落”“土龙生甲归天去”预言了南唐先主李昪在甲辰岁二月逝世。④鼓子词：宋代一种说唱文学。用同一曲调反复演唱，并夹有说白，用以叙事写景。说唱以鼓合之，故称。欧阳修咏西湖景物的《采桑子》亦是。

【例词·词谱】

秋　思

塞下秋来风景异，	(仄)仄(平)平平仄仄
衡阳雁去①无留意。	(平)平(仄)仄平平仄
四面边声连角起，	(仄)仄(平)平平仄仄
千嶂②里，	平(仄)仄
长烟落日孤城闭。	(平)平(仄)仄平平仄
浊酒一杯家万里，	(仄)仄(仄)平平仄仄
燕然未勒归无计③。	(平)平(仄)仄平平仄
羌管悠悠霜满地。	(仄)仄(平)平平仄仄
人不寐，	平(仄)仄
将军白发征夫泪。	(平)平(仄)仄平平仄

〔北宋〕范仲淹

【注释】

①衡阳雁去：即雁去衡阳。湖南衡阳的衡山有雁回峰（也称回雁峰），传说雁南飞至此不再南下。②千嶂（zhàng）：重重叠叠耸立如屏障的山峰。③“燕（yān）然”句：指强敌未破，功业未立，无法回家。东汉窦宪曾大败匈奴，北上至燕然山（今蒙古人民共和国杭爱山），刻石记功而返。勒，刻。

【声律】

1. 双调，六十二字，上下阕各五句。

2. 押仄声韵，上阕押“异、意、起、里、闭”五仄韵，下阕押“里、计、地、寐、泪”五仄韵。

3.《钦定词谱》卷十四以北宋晏殊词（画鼓声中昏又晓）为正体。

92 虞美人

【词牌由来】

虞（yú）美人[①]，词牌名。唐教坊曲名，后用为词牌。

南宋王灼《碧鸡漫志》引《脞说》称“（《虞美人》）起于项籍虞兮之歌”。《史记》载，项王军壁垓下[②]，兵少食尽，汉军及诸侯兵围之数重。夜闻汉军四面皆楚歌，项王乃大惊曰：“汉皆已得楚乎？是何楚人之多也！”项王则夜起，饮帐中。有美人名虞，常幸从；骏马名骓，常骑之。于是项王乃悲歌慷慨，自为诗曰：“力拔山兮气盖世，时不利兮骓不逝。骓不逝兮可奈何，虞兮虞兮奈若何！”歌数阕，美人和之。《楚汉春秋》传虞姬歌曰：“汉兵已略地，四面楚歌声。大王意气尽，贱妾何聊生。”遂自刎而死。虽然如此，王灼认为“予谓后世以此命名可也，曲起于当时，非也”。

南唐李煜词有“问君能有几多愁，恰似一江春水向东流”句，故又名《一江春水》；《乐府雅词》名《虞美人令》；南宋周紫芝词有“只恐怕寒，难近玉壶冰”句，名《玉壶冰》；南宋张炎词赋柳，因名《忆柳曲》。

注：①美人：一种嫔妃的称号。 ②垓（gāi）下：古地名。在今安徽固镇东北沱河南岸。

【例词·词谱】

例词	词谱
春花秋月[1]何时了？	(平)平(平)仄平平仄
往事知多少。	(仄)仄平平仄
小楼昨夜又东风，	(仄)平(仄)仄仄平平
故国[2]不堪回首月明中。	(仄)仄(仄)平(平)仄仄平平
雕阑玉砌[3]应犹在，	(平)平(仄)仄平平仄
只是朱颜[4]改。	(仄)仄平平仄
问君[5]能有几多愁？	(仄)平(平)仄仄平平
恰似一江春水向东流。	(仄)仄(仄)平(平)仄仄平平

〔南唐〕李煜《全唐诗》

〖注释〗

①春花秋月：借指一年中最美好的景物。②故国：指南唐。③雕阑玉砌：雕花的栏杆和玉似的石阶。泛指南唐宫殿。④朱颜：红颜，年轻红润的面容。⑤问君：设问之词，实则问自己。

【声律】

1. 双调，五十六字，上下阕各四句。

2. 押二仄韵换二平韵。上阕押“了、少”二仄韵，换“风、中”二平韵；下阕押“在、改”二仄韵，换“愁、流”二平韵。

3.《钦定词谱》卷十二以南唐李煜词（风回小院庭芜绿）为正体。

93 雨霖铃

【词牌由来】

雨霖铃，词牌名。又作《雨淋铃》《雨霖铃慢》。唐教坊曲名，后用为词牌。

相传，《雨霖铃》曲是唐玄宗为马嵬之变①中殒命的杨贵妃所作。南宋王灼《碧鸡漫志》称“世传明皇宿上亭，雨中闻牛铎声，怅然而起。问黄幡绰②铃作何语，曰‘谓陛下特郎当’。特郎当，俗称不整治也。明皇一笑，遂作此曲。”又引唐郑处海《明皇杂录》云：“帝幸蜀，初入斜谷，霖雨③弥旬，栈道中闻铃声，帝方悼念贵妃，采其声为《雨淋铃》曲以寄恨。时梨园弟子，惟张野狐一人善筚篥④。因吹之，遂传于世。”还引《杨妃外传》云：“上皇还京后，复幸华清⑤，从官嫔御多非旧人。于望京楼下，命张野狐奏《雨淋铃》曲，上四顾悽然。”

唐罗隐诗曰：“细雨霏微宿上亭，雨中因想雨淋铃。贵为天子犹魂断，穷著荷衣好涕零。”唐杜牧诗云：“零叶翻红万树霜，玉莲开蕊暖泉香。行云不下朝元阁，一曲淋铃泪数行。”唐张祜诗云：“雨淋铃夜却归秦，犹是张徽⑥一曲新。长说上皇和泪教，月明南内更无人。”唐元稹《琵琶歌》云：“泪垂捍拨朱弦湿，冰泉呜咽流莺涩。因兹弹作雨淋铃，风雨萧条鬼神泣。”从这些诗中的描述，可见《雨霖铃》曲之哀婉动人。

宋词借旧曲名，另倚新声。始见于北宋柳永《乐章集》。因其由唐教坊曲演化而成，亦颇极哀怨，堪称唐曲遗声。

注：①马嵬（wéi）之变：唐安史之乱时，唐玄宗奔蜀避难，途经马嵬驿，卫兵杀杨国忠，玄宗被迫赐杨贵妃死，葬于马嵬坡。马嵬，地名，在今陕西兴平。②黄幡绰：唐代宫廷艺人。深得玄宗赏识。③霖雨：指连绵大雨。④筚篥（bìlì）：即觱篥，详见《齐天乐》注。⑤华清：即华清池，唐代华清宫的温泉浴池。在今陕西临潼骊山下。清洪昇《长生殿·传概》："自华清赐浴，初承恩泽；长生乞巧，永订盟香。"⑥张徽：指张野狐。

【例词·词谱】

寒蝉①凄切，	平平(平)仄
对长亭晚，	仄平平仄
骤雨初歇。	仄仄平仄
都门帐饮无绪②，	平平仄仄平仄
留恋处、兰舟催发。	平仄仄、平平平仄
执手相看泪眼，	仄仄平平仄仄
竟无语凝噎③。	仄平仄平仄
念去去、千里烟波，	仄仄仄、平仄平平
暮霭④沉沉楚天阔。	仄仄平平仄平仄
多情自古伤离别，	平平仄仄平平仄
更那堪、冷落清秋节。	仄平平、仄仄平平仄
今宵酒醒何处？	平平仄仄平仄
杨柳岸、晓风残月。	平仄仄、仄平平仄
此去经年⑤，	仄仄平平

应是良辰[6]、好景虚设。	平仄平平、仄仄平仄
便纵有、千种风情[7]，	仄仄仄、㊥仄平平
更与何人说。	仄仄平平仄

〔北宋〕柳永

〖注释〗

①寒蝉：蝉的一种。又称寒螀（jiāng）、寒蜩。《礼记·月令》：“（孟秋之月）凉风至，白露降，寒蝉鸣。”②“都门”句：在北宋首都汴京城郊设帐而饮，丝毫提不起情绪。古人送别，常在郊野张帷宴饮。③凝噎（yē）：犹哽咽。哭时不能痛快出声。④暮霭：傍晚的云雾。⑤经年：年复一年。⑥良辰：美好的时光。⑦风情：因爱恋而生的柔情。

【声律】

1. 双调，一百零二字，上阕九句，下阕八句。

2. 押仄声韵，上阕押“切、歇、发、噎、阔”五仄韵，下阕押“别、节、月、设、说”五仄韵。

3.《钦定词谱》卷三十一以此词为正体。

94 玉楼春

【词牌由来】

玉楼春，词牌名。调名一说源于白居易《长恨歌》“玉楼宴罢醉和春”句；一说源于五代时期蜀中诸家词，如《花间集》载五代后蜀顾敻词起句“月照玉楼春漏促”，又有“柳映玉楼春日晚”句。《尊前集》载欧阳炯词起句“春早玉楼烟雨夜”，又有“日照玉楼花似锦，楼上醉和春色寝”句。

在古代，玉楼既泛指华丽的高楼，又特指神仙的居所。相传唐代诗人李贺将死，昼见绯衣人传玉帝诏令，谓白玉楼成，召使作记，遂卒（李商隐《李贺小传》）。

南唐李煜词名《惜春容》，南宋朱希真词名《西湖曲》，南宋康与之词名《玉楼春令》。

【例词·词谱】

东城渐觉风光好。	(平)平(仄)仄平平仄
縠皱①波纹迎客棹。	(仄)仄(平)平平仄仄
绿杨烟外晓寒轻，	(仄)平(平)仄仄平平
红杏枝头春意闹。	(平)仄(平)平平仄仄
浮生②长恨欢娱少。	(平)平(平)仄平平仄

肯爱千金轻一笑。	(仄)仄(平)平平仄仄
为君持酒劝斜阳，	(仄)平(平)仄仄平平
且向花间留晚照[3]。	(仄)仄(平)平平仄仄

〔北宋〕宋祁

〖注释〗

①縠（hú）皱：绉纱似的皱纹。 ②浮生：语本《庄子》“其生若浮，其死若休”。以人生在世，虚浮不定，故称。 ③晚照：夕阳的余晖。

【声律】

1. 双调，五十六字，上下阕各四句。

2. 押仄声韵，上阕押“好、棹、闹”三仄韵，下阕押“少、笑、照”三仄韵。

3.《钦定词谱》卷十二以五代顾敻词（拂水双飞来去燕）为正体。

95 玉漏迟

【词牌由来】

玉漏[1]迟，词牌名。因唐白居易《小曲新词》（其二）有“好向昭阳宿，天凉玉漏迟”句，取以为名。玉漏迟，喻指夜已深。

另据元陶宗仪《说郛》，《玉漏迟》本为古琴弄名，宋琴僧居月《琴曲谱录》中有记载。后成为宋代教坊曲，宋人遂取此调，用以填词。

注：①玉漏：漏壶的美称。漏壶是古代的计时器，古人在壶上刻符号表时间。

【例词·词谱】

咏怀

淅江[1]归路绕。	(仄)平平仄仄
西南却美，	(平)平(仄)仄
投林高鸟[2]。	(平)平平仄
升斗微官[3]，	(平)仄(平)平
世累[4]苦相萦绕。	(仄)仄(仄)平(平)仄
不入麒麟画[5]里，	(仄)仄(平)平(仄)仄
又不与、巢由[6]同调[7]。	仄(仄)仄、(平)平(平)仄
时自笑，	平仄仄

虚名负我，	(平)平(仄)仄
平生吟啸。	(平)平(平)仄
扰扰[8]马足车尘，	(仄)仄(仄)仄平平
被岁月无情，	仄(仄)仄平平
暗销年少。	(仄)平(平)仄
钟鼎山林[9]，	(平)仄(平)平
一事几时曾了。	(仄)仄(仄)平(平)仄
四壁秋虫夜语，	(仄)仄(平)平(仄)仄
更一点、灯斜照。	仄(仄)仄、平(平)仄
清镜晓，	平仄仄
白发又添多少。	(仄)仄仄平平仄

〔金〕元好问**《遗山先生新乐府》**

〖注释〗

①淅（xī）江：水名。在河南西南部。元好问在南阳内乡淅江边有别墅。 ②投林高鸟：指归隐山林的高人、隐士。 ③升斗微官：指俸禄不高的小官。升斗，容量单位。十合为升，十升为斗。 ④世累：为世俗事务所牵累。 ⑤麒麟画：指麒麟阁中的功臣画像。麒麟阁是汉未央宫中的阁名。汉宣帝时曾置霍光等十一功臣画像于阁上，以表扬其功绩。古人多以画像于“麒麟阁”表示卓越功勋和最高的荣誉。 ⑥巢由：巢父和许由。相传为尧时的隐士，尧欲让位于二人，皆不受。 ⑦同调：同类，志趣相投。 ⑧扰扰：纷乱的样子。 ⑨钟鼎山林：指仕宦和归隐。钟鼎，古代褒奖臣子，则将其功绩刻在钟鼎上。又，古代富贵之家钟鸣鼎食。

【声律】

1.双调，九十三字，上阕十句，下阕九句。

2.押仄声韵，上阕押“绕、鸟、绕、调、笑、啸”六仄韵，下阕押“少、了、照、晓、少”五仄韵。

3.《钦定词谱》卷二十三以北宋宋祁词（杏香飘禁苑）为正体。

96 鹧鸪天

【词牌由来】

鹧鸪天，词牌名。唐代教坊曲有《山鹧鸪》，又称《鹧鸪词》。鹧鸪，形似雌雉，胸前有白圆点，如珍珠。

晋崔豹《古今注》：“鹧鸪，出南方，鸣常自呼，常向日而飞。畏霜露，早晚希出。有时夜飞，夜飞则以树叶覆其背上。”俗象其鸣声曰“行不得也哥哥”。故古人常借其声，抒发惜别之情或漂泊之感。晚唐诗人郑谷《席上贻歌者》有“座中亦有江南客，莫向春风唱《鹧鸪》”句。诗中的《鹧鸪》即“效鹧鸪之声”的《鹧鸪曲》，曲调哀婉清怨。北宋郭茂倩《乐府诗集·近代曲辞二》录《鹧鸪词》有唐李益一首、李涉二首。李益《鹧鸪词》云：“湘江斑竹枝，锦翅鹧鸪飞。处处湘云合，郎从何处归？”李涉《鹧鸪词》云：“湘江烟水深，沙岸隔枫林。何处鹧鸪飞，日斜斑竹阴。二女虚垂泪，三闾枉自沉。惟有鹧鸪啼，独伤行客心。”两首诗都是用鹧鸪飞鸣来起兴，表现愁苦之情。

作为词牌的《鹧鸪天》始于北宋宋祁。明杨慎《词品》论及“词名多取句”，指出宋祁取唐郑嵎“春游鸡鹿塞，家在鹧鸪天”的“鹧鸪天”为题作词，故有此调名。此调延续了《鹧鸪词》的传统，多写离愁别恨。

北宋赵令畤词名《思越人》；北宋李元膺词名《思佳客》；

北宋贺铸词有“剪刻朝霞钉露盘”句，名《剪朝霞》；南宋韩淲词有“只唱骊歌一叠休”句，名《骊歌一叠》；南宋卢祖皋词有“人醉梅花卧未醒”句，名《醉梅花》。

【例词·词谱】

有客慨然谈功名，因追念少年时事，戏作。

壮岁旌旗拥万夫①，	⓪仄平平⓪仄平
锦襜突骑渡江初②。	⓪平⓪仄仄平平
燕兵夜娖银胡䩮，	ⓟ平⓪仄平平仄
汉箭朝飞金仆姑③。	⓪仄平平ⓟ仄平
追往事，	ⓟ⓪仄
叹今吾，	仄平平
春风不染白髭须。	ⓟ平⓪仄仄平平
都将万字平戎策④，	ⓟ平⓪仄平平仄
换得东家种树书⑤。	⓪仄平平⓪仄平

〔南宋〕辛弃疾

〖注释〗

①“壮岁”句：指辛弃疾青年时期领导义军抗金的事迹。②“锦襜（chān）”句：辛弃疾回忆南归以前统帅部队与敌人战斗。襜，衬在马鞍上的垫具。突骑，用以冲突敌人的精锐骑兵。③“燕兵”二句：叙述与敌军战斗的场面。燕兵，金兵。娖（chuò），通“捉”。胡䩮（lù），亦作“胡簶”“胡鹿”，箭袋。金仆姑，箭名，泛指良箭。

④平戎策：平定外族侵略者的策略。⑤“换得”句：表示退休归耕田园。《汉书·王吉传》：“吉少时学问，居长安。东家有大枣树，垂吉庭中。吉妇取枣以啖吉。吉知之，乃去妇。东家闻而欲伐其树，邻里共止之，因共请吉令归妇。里中为之语曰‘东家有树，王阳妇去，东家枣完，去妇复归’。”东家，东边的邻居。种树书，研究栽培树木的书籍。《史记·秦始皇本纪》记秦始皇焚书“所不去者，医药、卜筮、种树之书”。比喻归隐。

【声律】

1. 双调，五十五字，上阕四句，下阕五句。

2. 押平声韵，上阕押“夫、初、姑”三平韵，下阕押“吾、须、书”三平韵。

3.《钦定词谱》卷十一以北宋晏几道词（彩袖殷勤捧玉钟）为正体。

97　烛影摇红

【词牌由来】

烛影摇红，词牌名。始创于北宋徽宗时。

南宋吴曾《能改斋漫录》载："王都尉（诜）有《忆故人》词云'烛影摇红，向夜阑。乍酒醒、心情懒。尊前谁为唱阳关，离恨天涯远。无奈云沉雨散。凭阑干，东风泪眼。海棠开后，燕子来时，黄昏庭院'。徽宗喜其词意，犹以不丰容宛转为恨，遂令大晟[1]别撰腔。周美成增损其词，而以首句为名，谓之《烛影摇红》。"清郑文焯《大鹤山人词话·郑大鹤先生论词手简》："至美成提举大晟，演为曼声，三犯四犯，变调綦繁，美且备已。"

因北宋王诜词原名《忆故人》，又名《忆故人》；北宋毛滂词有"送君归去添凄断"句，又名《归去曲》；金元好问词名《秋色横空》；元赵雍词名《玉珥坠金环》。

注：①大晟：即大晟府，宋徽宗崇宁（1102—1106）年间创立的掌管音乐的官署。周邦彦（字美成）精通音乐，于徽宗政和七年（1117）提举大晟府。

【例词·词谱】

惜　春

香脸轻匀，	(平)仄平平
黛眉[1]巧画宫妆浅。	(仄)平(仄)仄平平仄
风流[2]天付与精神[3]，	(平)平(平)仄仄平平
全在娇波[4]转。	(平)仄平平仄
早是萦心[5]可惯。	(仄)仄(平)平(仄)仄
那更堪、频频顾盼[6]。	仄(平)(平)、(平)平(仄)仄
几回得见，	(仄)平(仄)仄
见了还休，	(仄)仄平平
争如[7]不见。	(平)平(仄)仄
烛影摇红，	(仄)仄平平
夜阑饮散春宵短。	(仄)平(仄)仄平平仄
当时谁解唱阳关，	(平)平(平)仄仄平平
离恨天涯远。	(平)仄平平仄
争奈云收雨散[8]。	(平)仄(平)平(仄)仄
凭阑干、东风泪眼。	仄(平)(平)、(平)平(仄)仄
海棠开后，	(仄)平(平)仄
燕子来时，	(仄)仄平平
黄昏庭院。	(平)平(平)仄

〔北宋〕周邦彦**《钦定词谱》**

〖注释〗

①黛眉：用黛画的眉毛。黛，青黑色的颜料。 ②风流：风韵美好动人。③精神：神采，韵味。④娇波：美人的目光。⑤萦心：牵挂于心。⑥顾盼：看了又看。⑦争如：怎如。⑧云收雨散：借战国楚宋玉《高唐赋》中楚王临幸巫山神女的故事，指男女欢会之事。

【声律】

1. 双调，九十六字，上下阕各九句。

2. 押仄声韵，上阕押“浅、转、惯、盼、见”五仄韵，下阕押“短、远、散、眼、院”五仄韵。

3.《钦定词谱》卷七以北宋毛滂词（老景萧条）为正体。

98 竹 枝

【词牌由来】

竹枝，词牌名。唐教坊曲名，后用为词牌。又名《巴渝辞》。

《竹枝》本是流行于巴渝一带的民歌。唐贞元中，刘禹锡贬谪其地，“听里中巴儿联歌《竹枝》，吹短笛击鼓以赴节，歌者扬袂睢舞①，以曲多为贤”，“聆其音……卒章激讦②如吴声，虽伧儜③不可分，而含思宛转，有《淇澳》④之艳”。

屈原曾作《九歌》⑤以取代沅、湘民间流传的歌词鄙陋的迎神曲，刘禹锡效法屈原作《竹枝词》九篇，以变民风。其形式为七言绝句，歌唱中间有众人和声⑥。唐人所作多写旅人离愁别绪或儿女柔情，后人所作多歌咏风土人情。此调有十四字和二十八字两体。

注：①睢（huī）舞：（举着衣袖）欢乐自得地舞蹈。睢，欢乐自得的样子。②激讦（jié）：激烈昂扬。③伧儜：杂乱的样子。④《淇澳》：一作《淇奥》，《诗经·卫风》中的篇名。⑤《九歌》：战国楚人屈原根据民间祭神乐歌加工而成。共十一篇：《东皇太一》《云中君》《湘君》《湘夫人》《大司命》《少司命》《东君》《河伯》《山鬼》《国殇》《礼魂》。内容多与神灵间的眷恋相关。东汉王逸认为是屈原放逐江南时所作。但今人多认为是放逐之前所作，供祭祀之用。⑥和声：即下文“例词·词谱”中的小字部分。

【例词·词谱】

门前春水竹枝白蘋[1]花女儿，	平平(平)仄仄平平
岸上无人竹枝小艇斜女儿，	仄仄平平仄仄平
商女经过竹枝江欲暮女儿，	(平)仄平平平仄仄
散抛残食竹枝饲神鸦女儿。	(仄)平(平)仄仄平平

〔唐〕孙光宪**《全唐五代词》**

〖注释〗

① 蘋：一种生长在水中的蕨类植物。

【声律】

1. 单调，二十八字，四句。

2. 押平声韵，押韵的字为“花，斜，鸦”。“竹枝”与“女儿”为歌唱时众人附和之声，“枝”与“儿”叶韵。

3.《钦定词谱》卷一以唐皇甫松词（芙蓉并蒂一心连）为正体。

99　祝英台近

【词牌由来】

祝英台近，词牌名。此调创于北宋，始见于苏轼《东坡乐府》。一作《祝英台》《英台近》。近，即“近拍”，是曲类体制的一种，长度一般介于小令与慢词之间，属于中调。

调名源自民间传说“梁山伯与祝英台”。据《宁波府志》载，东晋越有梁山伯、祝英台，尝同学。祝先归。梁后访之，乃知祝为女，欲娶之，然祝已许鄮城马氏。梁忽忽成疾，后为鄮令，且死，遗言葬青道山下。明年，祝适（出嫁）马氏，过其地，而风涛大作，舟不能进，祝乃造冢，哭之哀恸，其地忽裂，祝投而死之。宰相谢安闻之，请封为义妇。今吴中有花蝴蝶，盖枯蠹所化，童儿亦呼梁山伯、祝英台云。

南宋辛弃疾词有“宝钗分，桃叶渡”句，名《宝钗分》；南宋张辑词有“趁月底、重修箫谱”句，名《月底修箫谱》；南宋韩淲词有“燕莺语、溪岸点点飞绵”句，名《燕莺语》；无名氏词有“却又在他乡寒食”句，名《寒食词》。

【例词·词谱】

晚　春

例词	词谱
宝钗分[1]，	仄平平
桃叶渡[2]，	平仄仄
烟柳暗南浦。	(平)仄(仄)平仄
怕上层楼，	(仄)仄平平
十日九风雨。	(仄)仄(仄)平仄
断肠片片飞红，	(仄)平(仄)仄平平
都无人管，	(平)平(平)(仄)
更谁劝、流莺[3]声住？	仄平(仄)、(平)平(平)仄
鬓边觑[4]。	仄(平)仄
试把花卜归期，	仄仄平仄平平
才簪又重数。	(平)平仄平仄
罗帐灯昏，	(平)仄平平
哽咽梦中语：	(仄)仄(仄)平仄
是他春带愁来，	(仄)平(平)仄平平
春归何处，	(平)平(平)仄
却不解、带将愁去[5]。	仄仄仄、仄平平仄

〔南宋〕辛弃疾《稼轩词注》

〖注释〗

①宝钗分：古时情人分别时，女方会将头上金钗分作两股以赠别。②桃叶渡：在今南京秦淮河与青溪合流处。传说东晋王献之妾桃叶曾在此渡水。③流莺：即莺。流，谓其鸣声婉转。④觑（qù）：看。⑤“是他”三句：化用南宋赵彦端《鹊桥仙》词“春愁原自逐春来，却不肯、随春归去”句。

【声律】

1. 双调，七十七字，上下阕各八句。

2. 押仄声韵，上阕押“渡、浦、雨、住”四仄韵，下阕押“觑、数、语、处、去”五仄韵。

3.《钦定词谱》卷十八以南宋程垓词（坠红轻）为正体。

100 醉花阴

【词牌由来】

醉花阴，词牌名。始见于北宋毛滂词："檀板一声莺起速，山影穿疏木。人在翠阴中，欲觅残春，春在屏风曲。　劝君对客杯须覆，灯照瀛洲绿。西去玉堂深，魄冷魂清，独引金莲烛。"《醉花阴》名，盖从此词内容概括而来。

因南宋李清照《醉花阴》词写重阳节，故又名《重九》。

【例词·词谱】

重　阳

薄雾浓云愁永昼[1]，	㊀仄㊥平平仄仄
瑞脑消金兽[2]。	㊀仄平平仄
佳节又重阳[3]，	㊥仄仄平平
玉枕纱厨[4]，	㊀仄平平
半夜凉初透。	㊀仄平平仄
东篱[5]把酒黄昏后，	㊥平㊀仄平平仄
有暗香盈袖。	仄㊀平㊥仄
莫道不消魂[6]，	㊀仄仄平平

帘卷西风，	㊫仄平平
人似黄花瘦。	㊫仄平平仄

〔南宋〕李清照

〖注释〗

①永昼：漫长的白天。昼，白天。②“瑞脑”句：龙脑香料在兽形铜香炉中逐渐燃尽。③重阳：节日名。古以九为阳数之极。九月九日故称“重九”或“重阳”。有登高游宴的习俗。④玉枕纱厨：瓷枕和蚊帐。⑤东篱：种菊的花圃。语出陶渊明《饮酒》诗“采菊东篱下，悠然见南山”句。⑥消魂：即销魂。这里形容极度悲愁。

【声律】

1. 双调，五十二字，上下阕各五句。

2. 押仄声韵，上阕押“昼、兽、透”三仄韵，下阕押“后、袖、瘦”三仄韵。

3.《钦定词谱》卷九以北宋毛滂词（檀板一声莺起速）为正体。

附录

词人小传

B

白居易

（772—846）唐代诗人。字乐天，晚年号香山居士。其先太原（今属山西）人，后迁居下邽（今陕西渭南北）。

早年家贫，颇历艰辛。贞元进士，授秘书省校书郎。长庆间任杭州刺史，宝历初任苏州刺史，后官至刑部尚书。在文学上积极倡导新乐府运动，主张“文章合为时而著，歌诗合为事而作”。唐代元和年间，作词的文人逐渐增多，白居易亦有所尝试。

C

蔡伸

（1088—1156）南宋词人。字伸道，号友古居士，莆田（今属福建）人。

蔡襄孙。宋徽宗政和五年（1115）进士。官左中大夫。秦桧当国，以赵鼎党被罢，屡遭贬谪。有文名，擅书法，得祖襄笔意。工词，后期词风与苏东坡似。有《友古居士词》。

F

范仲淹

（989—1052）北宋政治家、文学家。字希文，苏州吴县（今江苏苏州）人。

大中祥符进士。少时贫困力学，出仕后有敢言之名。景祐二年（1035），以天章阁待制权知开封府。宝元三年（1040）西夏攻延州，任陕西经略副使。工诗词散文，词传世仅5首。范仲淹将军旅生活经历写入词，为词开拓了崭新的审美境界，也开启了宋词贴近社会生活和现实人生的创作方向。沉郁苍凉的词风成为后来豪放词的滥觞。有《范文正公集》。

冯延巳

（903—960）五代南唐词人。一名延嗣，字正中，广陵（今江苏扬州）人。

南唐中主李璟时，官至同平章事。词作数量居五代之首，留存百余首，均为小令。多写男女间的离愁别恨，词风柔软婉丽。冯延巳开南唐词风之先，对宋初晏殊、欧阳修等词家亦有影响。有《阳春集》（其中杂有他人之作）。

H

黄庭坚

（1045—1105）北宋诗人、书法家。字鲁直，号山谷道人、涪翁，洪州分宁（今江西修水）人。

治平进士。以校书郎为《神宗实录》检讨官，迁著作佐郎。后以修实录不实的罪名遭贬。出于苏轼门下，与苏轼并称“苏黄”。今存词作近200首，雅词、俗词兼有。有《山谷词》《山谷琴趣外篇》。

J

姜夔

（约1155—1209）南宋词人、音乐家。字尧章，号白石道人，饶州鄱阳（今属江西）人。

一生未仕，浪迹江湖，以文艺创作自娱。清贫自守，与诗人词客交游，卒于杭州。诗词、散文、书法、音乐，无不精通。姜夔是苏轼之后难得的艺术全才，也是南宋词坛除辛弃疾外的另一座艺术高峰。他创作的婉约词情趣高雅，被奉为雅词的典范。有《白石道人歌曲》。

L

李白

（701—762）唐代诗人。字太白，号青莲居士。自称祖籍陇西成纪（今甘肃静宁西南），隋末其先人流寓碎叶（唐时属安西都护府，在今吉尔吉斯斯坦北部托克马克附近）。幼时随父迁居绵州昌隆（今四川江油）青莲乡。

少年即显露才华，吟诗作赋，博学广览。25岁离川，长期在各地漫游。天宝初曾供奉翰林，但在政治上不受重视。安史之乱中，为永王李璘幕僚，后因李璘受牵累，流放夜郎，途中遇赦。晚年漂泊困苦，卒于安徽当涂。有《李太白集》。

李清照

（1084—约1151）南宋女词人。号易安居士，齐州章丘（今属山东）人。

父李格非为著名学者，夫赵明诚为金石考据家。早期生活优裕，与丈夫共同致力于金石书画的搜集整理。金兵入侵中原，流寓南方。丈夫去世后，境遇孤苦。前期词作多写悠闲生活，后期多感慨世事艰辛，词风清丽素雅。李清照提出词“别是一家”之说，反对以作诗文之法作词，在理论上确立了词体的独特地位。有《漱玉词》。

李煜

（937—978）五代南唐国主。字重光，世称李后主。

宋兵破金陵，出降，囚居汴京3年，后被宋太宗赐药毒死。能诗文、音乐、书画。尤以词著名，今存30余首。前期作品多写宫中享乐生活，后期写亡国之痛。其词以本色和真情性见长。王国维评价：“词至后主而眼界始大，感慨遂深，遂变伶工之词而为士大夫之词。”有《南唐二主词》。

林逋

（967—1029）北宋诗人。字君复，钱塘（今浙江杭州）人。卒谥和靖先生。

早年浪游江淮间，后隐居西湖孤山，种梅养鹤，终身不仕不婚，故有“梅妻鹤子”之称。诗词多吟咏湖山胜景，抒写孤芳自赏的心情。

刘过

（1154—1206）南宋词人、诗人。字改之，号龙洲道人，吉州太和（今江西泰和）人。

终身未仕，晚年寓居昆山。其词效法辛弃疾，风格豪放，多表现江湖游士的精神风度。清刘熙载评价：“刘改之词，狂逸之中，自饶俊致，虽沉着不及稼轩，足以自成一家。”有《龙洲词》。

柳永

（约987—约1053）北宋词人。原名三变，字景庄。后改名永，字耆卿，崇安（今福建武夷山市）人。排行第七，人称柳七。

仁宗景祐年间进士。官屯田员外郎，世称柳屯田。为人放荡不羁，与歌妓交往频繁。其词多描绘城市风光和市井风情，长于表现世俗化的市民生活情调。大力创作慢词，从根本上改变了唐五代以来小令统治词坛的格局。柳永也是两宋词坛上创用词调最多的人。在宋代880多个词调中，有100多调是柳永首创或首次使用。词至柳永，体制始备。作为第一位对宋词进行全面革新的词人，柳永对后世词人影响甚大。有《乐章集》。

陆游

（1125—1210）南宋诗人。字务观，号放翁，越州山阴（今浙江绍兴）人。

生于北宋灭亡之际，少年时深受爱国思想的熏陶。孝宗时，赐进士出身，曾任镇江、隆兴通判。后入四川宣抚使王炎幕府，投身军旅。官至宝章阁待制。晚年退居家乡，但收复中原的信念至死不渝。今存诗9000多首。工词，词作不多，多抒发壮志未酬的幽愤。杨慎谓其词“纤丽处似秦观，雄慨处似苏轼”。风格上属于辛派词人。有《剑南诗稿》《渭南文集》。

O

欧阳炯

（约896—971）五代后蜀词人。益州华阳（今四川成都）人。

少事前蜀，又仕后蜀，从孟昶降宋，曾任翰林学士。善吹长笛，工词。所写多为供酒宴演唱的艳情词，也有写南方风物之作。曾为《花间集》作序。

欧阳修

（1007—1072）北宋文学家、史学家。字永叔，号醉翁、六一居士，吉州吉水（今属江西）人。谥文忠。

天圣进士。庆历中任谏官，支持范仲淹，要求政治改良，被诬，贬知滁州。官至翰林学士、疏密副使、参知政事。主张文章应“明道”“致用”，是北宋古文运动的领袖。其词婉丽，一面承袭南唐余风，一面向通俗化方向开拓，使词更接近市民大众的审美情趣。雅词、艳词兼有。有《欧阳文忠公文集》。

Q

秦观

（1049—1100）北宋词人。字少游、太虚，号淮海居士，高邮（今属江苏）人。

曾任秘书省正字，兼国史院编修官等职。因政治上倾向旧党，被目为元祐党人，绍圣后屡遭贬谪。文辞为苏轼赏识，是“苏门四学士”之一。工诗词。词多写男女离愁别恨，情韵兼胜，语言清丽淡雅，是婉约词风的典型代表。有《淮海集》《淮海居士长短句》。

S

史达祖

南宋词人。字邦卿，号梅溪，汴（今河南开封）人。

曾任权臣韩侂胄堂吏，掌文书。宋宁宗开禧元年（1205），作为随从出使过金。开禧三年，韩侂胄北伐失败被杀，史达祖也因此受黥刑并被流放，后不知所终。其词多写闲情逸致，描写细腻工巧。词风与姜夔相似。工于咏物，以《双双燕·咏燕》《绮罗香·春雨》最负盛名。有《梅溪词》。

宋祁

（998—1061）北宋文学家、史学家。字子京，开封雍丘（今河南杞县）人，幼居安陆（今属湖北）。与兄庠并有文名，时称“二宋”。谥景文。

天圣进士，曾官翰林学士、史馆修撰。与欧阳修等合修《新唐书》，撰写列传部分。书成，进工部尚书，拜翰林学士承旨。因《玉楼春》词有“红杏枝头春意闹”句，世称“红杏尚书”。有《宋景文公长短句》。

苏轼

（1037—1101）北宋文学家、书画家。字子瞻，号东坡居士，眉州眉山（今属四川）人。

嘉祐进士。神宗时曾任祠部员外郎，因反对王安石变法而求外职，任杭州通判，知密州、徐州、湖州。后以作诗“谤讪朝廷”罪，贬黄州。哲宗时任翰林学士，曾知杭州、颍州等，官至礼部尚书。后又贬惠州、儋州。北还后第二年病死常州。苏轼在诗、词、文方面都达到了极高的造诣，是宋代文学最高成就的代表。苏轼继柳永之后，进一步扩大词的表现功能，开拓词境，突破词为“艳科”的传统格局，使词从音乐的附属品变为一种独立的抒情诗体，从根本上改变了词史的发展方向。其词风对后来的南渡词人和辛派词人影响很大。有《东坡乐府》。

孙光宪

（约895—968）五代宋初文学家。字孟文，自号葆光子，陵州贵平（今四川仁寿东北）人。

家中聚书数千卷，校勘抄写，老而不辍。事南平三世，累官至荆南节度副使、检校秘书少监。后归宋，官黄州刺史。其词大部分收入《花间集》。

W

王安石

（1021—1086）北宋政治家、文学家、思想家。字介甫，号半山，抚州临川（今属江西）人。谥文。

庆历进士。仁宗嘉祐三年（1058）上万言书，主张变法，未被采纳。神宗即位，召为翰林学士兼侍讲，提倡改革，与神宗意合。熙宁二年（1069），为参知政事，次年拜相推行变法。由于保守派强烈反对，新政推行受阻。熙宁七年罢相，次年再相，九年再罢，退居江宁（今江苏南京），封荆国公，世称荆公。词仅存29首，主要抒发自我的性情怀抱，具有一定的历史感和现实感。有《临川先生文集》。

王观

（1035—1100）北宋词人。字通叟，如皋（今属江苏）人。

宋仁宗嘉祐二年（1057）进士。官翰林学士。曾因赋应制词被罢官，遂有“逐客”之号。以将士郎守大理寺丞、知江都县事。南宋王灼评价：“王逐客才豪，其新丽处与轻狂处，皆足惊人。”有《冠柳集》。

王诜

（1048—1104）北宋画家。字晋卿，太原（今属山西）人，居开封（今属河南）。

尚蜀国公主，官驸马都尉。常与苏轼、黄庭坚、米芾等交往。善诗词、书法，尤工山水画。

韦应物

（约737—约791）唐代诗人。字义博，京兆万年（今陕西西安）人。

曾任滁州刺史、江州刺史、左司郎中、苏州刺史，故称韦江州、韦左司或韦苏州。唐代大历至贞元前后，填词之风在文人中已相当流行，韦应物多有唱和之词。有《韦苏州集》。

温庭筠

（？—866）唐代诗人、词人。原名岐，字飞卿，太原（今属山西）人，寄家江东。每入试，押官韵，八叉手而成八韵，时号温八叉。

仕途不得意，官止国子助教。词多写闺情，风格秾艳。现存词60余首，在唐代词人中数量最多，大都收入《花间集》。温庭筠是第一个努力作词的唐人，是花间派鼻祖。

吴文英

（约1212—约1272）南宋词人。字君特，号梦窗、觉翁，四明（今浙江宁波市鄞州区）人。

往来于江、浙间，曾任浙东安抚使幕僚，后为宗室赵与芮门客。其词师承周邦彦，擅长营造如梦似幻的艺术境界，多表现上层社会的奢华生活，或抒发颓唐伤感情绪。字句华丽，意象密集，含义曲折。后人评价“词家之有文英，亦如诗家之有李商隐”。有《梦窗词》。

X

辛弃疾

（1140—1207）南宋词人。字幼安，号稼轩，历城（今山东济南）人。

出生时中原已被金兵所占。21岁参加抗金义军，不久归南宋。历任湖北、江西、湖南、福建、浙东安抚使等职。坚决主张抗金，但建议均不被采纳，长期落职闲居于江西上饶、铅山一带。晚年权臣韩侂胄当政，一度起用，不久病卒。在两宋词史上，辛弃疾词作数量最多。其词内容博大精深，风格雄深健雅。无论内容境界、表现手法还是语言艺术，辛词都堪称空前绝后。他发展了苏轼开创的豪放词风，独创“稼轩体”，对后世影响十分深远。有《稼轩长短句》。

Y

晏几道

（1038—1110）北宋词人。字叔原，号小山，抚州临川（今属江西）人。

晏殊第七子。历任颍昌府许田镇监、乾宁军通判、开封府判官等。晚年家道中落。其词多写男女恋情，情调伤感，语淡情深。从语言的精度和情感的深度上，将《花间集》以来的艳词小令艺术推向极致。有《小山词》。

晏殊

（991—1055）北宋词人。字同叔，抚州临川（今属江西）

人。谥元献。

景德中赐同进士出身。庆历中官至集贤殿大学士、同中书门下平章事兼枢密使。词擅长小令，受南唐冯延巳影响大，多写男女之间的爱恋及悠闲生活。情调雍容和缓，语言清丽淡雅。被后人推为“北宋倚声家初祖”。有《珠玉词》。

杨慎

（1488—1559）明代文学家。字用修，号升庵，四川新都（今成都市新都区）人。

正德间试进士第一，授翰林修撰。世宗时，因议大礼事，谪戍云南永昌。诗词文曲皆能。有《升庵全集》。

元好问

（1190—1257）金代文学家。字裕之，号遗山，秀容（今山西忻州）人。祖系出自北魏拓跋氏。

兴定进士，曾任行尚书省左司员外郎等职。金亡不仕。工诗文，诗词风格沉郁，多伤时感事之作。现存词300余首，境界博大壮阔。堪称金代最杰出的词人。有《遗山集》。

岳飞

（1103—1142）南宋抗金名将。字鹏举，相州汤阴（今属河南）人。

20岁从军，毕生致力于抗击金军，收复失地，战功卓著。因不附秦桧议和，被诬谋反下狱，以“莫须有”罪名被杀害。孝宗时，追谥武穆。宁宗时追封鄂王。诗词散文慷慨激昂。有《岳武穆遗文》。

Z

张先

（990—1078）北宋词人。字子野，乌程（今浙江湖州）人。

天圣进士，历官都官郎中。晚年退居乡间。现存词165首，多写诗酒生活和男女之情。常以词酬唱赠别，扩大了词的日常交际功能。北宋陈师道评价："张先善著词，有云'云破月来花弄影''帘压卷花影''堕轻絮无影'，世称诵之。号张三影。"（《后山诗话》）有《张子野词》。

张孝祥

（1132—1170）南宋词人。字安国，号于湖居士，乌江（今安徽和县东北）人。

绍兴进士。官荆南、湖北安抚使。词风豪迈潇洒，与苏轼相近，多感怀时事之作。对辛派词人影响较大。有《于湖词》。

张炎

（1248—1314后）南宋词人、词论家。字叔夏，号玉田、乐笑翁，临安（今浙江杭州）人。

宋亡，北游元都，失意南归。其词早年多反映悠闲生活，宋亡后多追怀往昔、抒写身世之悲。词风清雅疏朗，长于咏物，所作《南浦·春水》《解连环·孤雁》盛行一时，人送雅号"张春水""张孤雁"。曾从事词学研究，对词的音律、技巧、风格皆有论述，所著《词源》对后世词学影响巨大。有《山中白云词》。

张志和

唐代诗人。字子同，初名龟龄，婺州金华（今属浙江）人。

16岁游太学，举明经。肃宗时待诏翰林，贬南浦尉，后隐居江湖，自号烟波钓徒。与颜真卿等为友。善歌词，能书画、击鼓、吹笛。作品多写隐居生活。今存《渔父》词5首，为早期文人词中的名作。

周邦彦

（1056—1121）北宋词人。字美成，号清真居士，钱塘（今浙江杭州）人。

历官太学正、庐州教授、知溧水县等。徽宗时为徽猷阁待制，提举大晟府（音乐机关）。精通音律，曾创作50多个新词调。词多写闺情、羁旅，也有咏物之作。注重词的协律可歌性，情感节制，语言典丽，为后来格律派词人所宗。周邦彦是北宋词坛除苏轼外的另一座艺术高峰。旧时词论称周邦彦为“词家之冠”或“词中老杜”。有《片玉词》。

朱淑真

宋代女诗人。号幽栖居士，钱塘（今浙江杭州）人。祖籍歙州（治今安徽歙县），南宋初年时在世。

生于仕宦家庭。相传因婚姻不幸，抑郁而终。能画，通音律。工诗词，多述幽怨感伤之情。有《断肠词》。

朱彝尊

（1629—1709）清代文学家。字锡鬯，号竹垞，秀水（今浙江嘉兴）人。

康熙时举博学宏词科，授检讨，曾参与编修《明史》。通经史，诗词文皆能。词家推崇姜夔、张炎，为浙西词派创始者。其词多写琐事，记游宴，兼及咏物。编有词选集《词综》。有《曝书亭集》。